# POR UM TOQUE DE OURO

CAROLINA MUNHÓZ

Por um toque de
OURO
*Trindade Leprechaun*

Fantástica
ROCCO

*Copyright* © 2015 *by* Carolina Munhóz

Direitos desta edição reservados à
EDITORA ROCCO LTDA.
Av. Presidente Wilson, 231 – 8º andar
20030-021 – Rio de Janeiro, RJ
Tel.: (21) 3525-2000 – Fax: (21) 3525-2001
fantastica@rocco.com.br | www.rocco.com.br

*Printed in Brazil*/Impresso no Brasil

Esta é uma obra de ficção. Personagens, incidentes e diálogos foram criados pela imaginação da autora e sem a intenção de aludi-los como reais. Qualquer semelhança com acontecimentos reais ou pessoas, vivas ou não, é mera coincidência.

**fantástica**
ROCCO

| | |
|---|---|
| GERENTE EDITORIAL<br>Ana Martins Bergin | ASSISTENTES<br>Gilvan Brito<br>Silvânia Rangel (produção gráfica) |
| EDITORA EXECUTIVA<br>Larissa Helena | REVISÃO<br>Joana De Conti<br>Sophia Lang<br>Wendell Setubal |
| EDITORA RESPONSÁVEL<br>Milena Vargas | |
| EQUIPE EDITORIAL<br>Elisa Menezes<br>Manon Bourgeade (arte)<br>Viviane Maurey | CAPA E PROJETO GRÁFICO<br>Rafael Nobre \| Babilonia Cultura Editorial<br><br>LETTERING<br>Rafael Nobre e Igor Arume \| Babilonia Cultura Editorial |

Cip-Brasil. Catalogação na fonte.
Sindicato Nacional dos Editores de Livros, RJ.

M932p   Munhóz, Carolina, 1988-
   Por um toque de ouro / Carolina Munhóz. Primeira edição.
– Rio de Janeiro: Fantástica Rocco, 2015.
   (Trindade Leprechaun ; 1)

ISBN 978-85-68263-08-2

1. Literatura infantojuvenil brasileira. 2. Fantasia I. Título.
II. Série.

15-20531         CDD: 028.5         CDU: 087.5

O texto deste livro obedece às normas do
Acordo Ortográfico da Língua Portuguesa.

*A leprechaun without a pot of gold*
*is like a rose without perfume,*
*a bird without a wing*
*or an inside without an outside.*

JAMES STEPHENS

*Para Raphael,*
*Por estar ao meu lado no final do arco-íris.*
*Por me fazer sentir abençoada.*

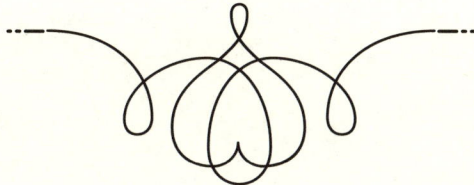

# I

Todos a olhavam assustados.

Apesar do som alto das flautas irlandesas remixadas tocando no evento de St. Patrick's Day, as pessoas no salão só prestavam atenção nas respirações tensas e pausadas e nos pequenos gestos capazes de revelar um blefe. Claro que o decote da jovem ruiva chegando até quase o umbigo distraía todos, mas a quantidade de dinheiro naquela banca de pôquer era tamanha que os rapazes de Rolex e Armani desviavam o olhar a fim de se concentrar. Tinham consciência de que era mais difícil vencer aquela garota no jogo do que levá-la para a cama.

Não era comum o salão ser frequentado por mulheres. Em cassinos, normalmente várias delas tentavam a sorte entre os coroas endinheirados, enfiadas em seus vestidos justos. Contudo, aquele era um evento diferente, em uma propriedade particular. A primeira edição de uma festa exclusiva da nova geração da alta sociedade irlandesa para comemorar o feriado mais famoso do país. Naquele dia de março, as pessoas mais importantes da ilha estavam em um casarão na região de Dublin 4, iluminado por canhões de luz. Os mais ambiciosos se encontravam naquela sala de jogos, e apenas uma mulher preferiu arriscar uma grande quantia de dinheiro em vez de se jogar na pista de dança regada a champanhe verde.

Isso ela pretendia fazer depois.

De preferência, comemorando os milhões que ganharia na mesa de pôquer.

Descendente de uma das famílias mais tradicionais de Dublin, Emily O'Connell era a futura herdeira de uma das marcas mais luxuosas de sapatos e bolsas *haute couture*. O brasão dourado com a famosa inscrição O'C podia ser encontrado nas principais capitais fashion do mundo. Entretanto, Emily não era conhecida apenas pela fortuna da família. Como sorte e glamour praticamente corriam no sangue dos O'Connell, ela havia se tornado um ícone da cultura pop irlandesa. Venerada por milhões de garotas e cortejada pelos rapazes mais bem-sucedidos e famosos da Europa, sua popularidade já chegara a Hollywood. Em um país como a Irlanda, ser conhecida por milhões de pessoas significava *muita* coisa – afinal, a população era de apenas aproximadamente sete milhões de habitantes. Por isso, Emily estava sempre nas capas de jornais sensacionalistas e revistas de fofocas badaladas. Por onde quer que ela fosse, ninguém deixava de notar os longos e lisos cabelos ruivos acobreados que terminavam rente à sua cintura fina.

Naquela noite, o olhar felino esverdeado era realçado por um adereço de cabelo confeccionado por Philip Treacy, um dos mais famosos estilistas irlandeses. Como se a personalidade, a fama, a beleza e a riqueza não fossem suficientes, ela ainda tinha um corpo esbelto como o de supermodelos, sempre exibido nas fotos de redes sociais tiradas em lugares como o Yacht Club.

Todas as mulheres queriam ser Emily.

Mas nenhuma teria coragem de apostar *tão* alto naquela mesa.

— Acho que papai não ficará muito feliz com sua princesinha hoje, pequena — comentou Owen O'Connor, um antigo conhecido da Trinity College, onde a garota estudava.

As respirações pesadas reforçavam a tensão. Havia quatro pessoas sentadas à mesa, uma conduzindo o jogo e mais sete rapazes assistindo de pé à partida. Isso incluía Darren, o melhor amigo de Emily, que bufava, impaciente pela demora, enquanto cobiçava através da parede de vidro um loiro tão musculoso que quase não cabia em sua camisa social Burberry.

Um sorriso malicioso se formou lentamente nos lábios de Emily. Ela olhou de canto de olho para cada participante.

Um sinal de perigo para seus oponentes.

— A princesinha aqui vai comprar um castelo novo esta noite, baby — provocou Emily.

Owen soltou uma risada sarcástica.

— Isso é o que nós veremos. *All in!*

— Um milhão do sr. O'Connor. — O rapaz que comandava a mesa assentiu, aprovando a jogada.

Ao lado de Owen encontrava-se Jamie, herdeiro de dois haras irlandeses. Emily percebeu a indecisão em seu olhar segundos antes de ele definir a própria jogada.

— *All in!* — declarou Jamie ao arrastar todas as suas fichas redondas, que contabilizavam meio milhão, para o centro da mesa verde, revelando um anel de ferradura que nunca saía de seu dedo.

Faltava apenas a jogada de mais dois participantes: Emily e Sean, dono de uma rede de pubs sofisticados.

— Fazer o quê? O mesmo que Jamie: *All in* — disse Sean.

Todos se concentraram em Emily. Novamente.

Será que ela conseguiria aumentar ainda mais suas apostas? Sua sorte duraria *para sempre*? Muitas perguntas surgiam na mente dos jogadores e espectadores. Longos segundos se passaram enquanto Emily se concentrava apenas no amontoado de fichas ao centro, que parecia um bolo colorido feito por uma criança.

O carteador já havia distribuído as cartas fixas sobre a mesa: um ás de copas e um ás, um 4, um 6 e um 8 de espadas.

— Ok... — A ruiva suspirou vagamente. — Acho que St. Patrick vai me abençoar esta noite, rapazes. *All in*! Um milhão.

Todos os presentes soltaram interjeições e palavrões. Aquele jogo nascera do acaso. Os amigos, herdeiros de famílias ricas, circulavam pela festa quando entraram na sala de jogos, encontraram uma mesa disponível e resolveram se arriscar. Chegar a um valor como aquele, porém, era brincar alto demais. Eram todos milionários, alguns, como Emily, bilionários, mas mexer com fogo às vezes resultava em queimaduras. E o mais assustador era que ela continuava sorrindo despreocupadamente, sem aparentar medo. Coitados! Sentia-se *com sorte*. Sentia-se no topo do mundo.

Sentia-se *abençoada*.

— Senhores e senhorita, por favor, apresentem o jogo — ordenou o carteador.

Owen pediu a Jamie que mostrasse as cartas primeiro em nome da amizade dos dois. O jogo era seu, mas ele queria ver a surpresa de Emily ao ver suas cartas no final. Talvez sua jogada de mestre garantisse um beijo diante dos fotógrafos. Conheciam-se havia anos e, em todo aquele tempo, ela tinha sido famosa por ser "muito liberal". Mas, apesar de suas diversas investidas, a garota sempre o rejeitava. A única que o rejeitava.

Após ser pressionado, Jamie mostrou as cartas.

— *Flush*. Ás, rei, dama — pronunciou o carteador.

Sean sorriu e revelou as suas.

— *Full house*, com trinca de oito e par de ases — declarou o carteador para os jogadores.

Ao ver as cartas de Sean, Owen não conseguiu esconder a expressão vitoriosa.

— Um *full house* mais alto — disse o carteador, após Owen abaixar as cartas. — Trinca de ases com par de seis.

O jogo só podia estar ganho. Jogadas como aquela eram únicas. Owen sentia nos dedos trêmulos uma ansiedade perturbadora pelas fichas daquela quantia. Aquelas fichas de cores vibrantes eram um vício para ele.

— Srta. O'Connell?

A tensão voltou quando todos perceberam que Emily não ria como os rapazes. Não trazia um semblante sério nem triste. Aos poucos, voltava a exibir seu sorriso malicioso, estreitando os olhos e jogando os lábios apenas para um lado. Seria indício de vitória? Um sinal da bênção do padroeiro de todos?

Delicadamente ela virou as cartas uma a uma, encarando Owen. Tinha dó dos outros meninos mimados, mas não dele. Não de um presunçoso como ele.

Afinal... quem mandava naquela mesa era ela.

— Cinco e sete de espadas. Um *straight flush*! De quatro a oito. A mão mais alta — definiu o carteador. — Parabéns, srta. O'Connell!

Os espectadores começaram a se dispersar, e Darren soltou um palavrão alto. Ela havia ganhado muito dinheiro. Outra vez. Emily pediu um coquetel para comemorar a vitória. Ela só queria beber um pouco além da conta e dançar até morrer de dor nos pés.

A vida era boa.

Para ela, melhor a cada segundo.

— Tenho que admitir que você não para de me surpreender, Emily O'Connell — comentou Owen, ainda com cara de poucos amigos.

— São muitos anos de convivência, O'Connor. Já deveria ter notado que eu *sempre* surpreendo.

Ele soltou uma risada seca.

— O que você tem de sorte tem de ego... — debochou Owen. Ela percebeu o olhar dele primeiro no brasão da família O'Connell em seus sapatos, depois em seu decote.

Emily ergueu o queixo de Owen, e o foco dele voltou aos olhos reluzentes dela.

— É *o preço*, querido — dizendo isso, apanhou uma taça de champanhe e a estendeu para o rapaz. — Um brinde a esta noite — sugeriu em tom mais conciliador. — E relaxe, ok? Deve haver várias alpinistas sociais loucas para consolar você nesta festa. Não que alguma delas valha um milhão, claro, mas você certamente vai se divertir...

Owen brindou com ela, sem dizer nada. Depois, deu um meio sorriso e foi embora.

Tudo o que restava a Emily era se afastar o mais rápido possível de qualquer um dos jogadores daquela noite. Não queria atrair energia negativa depois de faturar uma soma que resultaria em diversos vestidos de coleções exclusivas e pelo menos um anel digno de tapete vermelho.

— Rainha da sorte, achei que tivesse parado definitivamente de passar a noite em salas que fedem a suor de homens apavorados — disse Darren.

— Endoidou, *amore*? Não viu o que eu fiz ainda há pouco? Por que perderia a chance de assistir a um bando de homens morrendo de medo de mim?

— Você é cruel, sabia? — respondeu o jovem, levando-a para o salão. — E é por isso que eu te amo, *bicha* má!

A dupla não teve dificuldade para abrir espaço na pista. O burburinho de que Emily havia ganhado mais uma vez no "pôquer dos *posh*", isto é, dos ricaços, já se espalhara como chamas de um incêndio. Sua vitória, seu adereço extravagante e sua persona a representavam bem. A música ecoava, alta, e os rapazes começaram a rodeá-la. Logo seria a hora de trocar de jogo.

— Às vezes me pergunto como seria sua vida se não tivesse sorte... — comentou Darren, requebrando até o chão com Emily.

Ao subir do movimento, ela já encarava a próxima vítima, um rapaz magro com cabelo revolto e barba por fazer. O típico look despojado que a enlouquecia.

— Com certeza seria menos divertida...

Horas depois, as lembranças estavam embaralhadas. Sabia que tinha ganhado muito dinheiro. Mas isso não era nenhuma novidade, certo? Recordava-se também de ter dançado diversas músicas eletrônicas e ter roçado em seu amigo como uma cobra, atiçando os homens ao redor. Chegara a subir na cabine do DJ. Sim! Ela conseguia se *ver* fazendo isso. Achava até que tinha sido na mesma hora em que vira Darren finalmente se atracar com o loiro que tanto cobiçava. Só não entendia por que fora parar em um local claustrofóbico e escuro, sentada no que parecia uma pia e sendo quase esmagada contra o espelho por um rapaz que lambia sua orelha incessantemente.

— Ei... — tentou resmungar. — Pare com isso...

O homem a ignorou, pressionando mais, e continuou a mordiscar seu pescoço alvo, começando a deslizar com agressividade a mão para perto de suas partes íntimas, descontrolado. A pressão de seu corpo era tão forte que lhe dificultava a respiração, e Emily sentiu uma dor aguda no pulso esquerdo, preso entre os dedos da mão dele; a outra lutava contra sua calcinha. Estava sendo violentada.

Sentia como se sua sorte estivesse gravemente ameaçada.

– Ei... – continuou a falar num intervalo dos beijos molhados e nojentos com excesso de língua, quando ele finalmente arrancou sua calcinha e tentou algo a mais. – Eu disse para PARAR!

O corpo do rapaz foi jogado de maneira súbita para a outra extremidade do cubículo. O baque foi tão forte que causou um estrondo parecido com o de um canhão, e ela ouviu um som abafado de estalo.

Emily não sabia se se sentia assustada por estar bêbada demais em uma situação claramente perigosa ou porque seu quase estuprador parecia ter voado até a outra parede apenas pela força de sua voz.

*Tenho que parar de beber*, pensou, enquanto tirava o sapato de salto dezoito e descia da superfície escorregadia, desembolando o vestido arruinado. Estava dentro de um banheiro qualquer. Queria se matar por estar naquele estado ao lado de mais um perdedor. *Quando vou começar a me comportar?*

O rapaz nem se movia. Cheirava a vodca pura. Quando ela finalmente conseguiu abrir a porta, a luz entrou, quase cegando-a, e ela o reconheceu como o cara que tinha visto no começo da festa, na pista de dança. Só que o olhar dele não era mais sedutor nem convidativo. Ele parecia amedrontado, com as pupilas dilatadas e a boca escancarada. Continuava com as costas coladas à parede, como se estivesse sendo empurrado. A cena seria assustadora até para alguém sóbrio.

– O que foi? – perguntou Emily com dificuldade. – Agora você está com medo, seu tarado? Quem manda não saber se comportar?

Um soluço escapou dos lábios dela. A mente rodopiou e ela quase sentiu necessidade de voltar para a pia. Precisava encontrar Darren e dar o fora da festa.

*Que belo dia de St. Patrick*, pensou.

O rapaz caído continuava encarando-a, abismado. Não se movia.

– Que se dane! – resmungou Emily, fechando a porta e deixando-o no escuro.

*Ele deve estar muito drogado.*

Ao sair do banheiro, viu que a festa continuava com apenas um quarto dos participantes originais. O ritmo da música não era o mesmo de algumas horas antes. Sentia que o DJ tentava expulsar a galera; a luz do amanhecer brotava pelas janelas de vidros retangulares do casarão de luxo.

— Estou querendo te MATAR! — reclamou Darren, rebolando até ela com o dedo apontado. — Estou há quarenta e cinco MI-NU-TOS te procurando!

De onde estava, Emily pôde ver o loiro sem camisa jogado nas cadeiras perto do palco. Resolveu ser discreta quanto ao que acabara de acontecer. Não queria piorar o ânimo do amigo por causa de um maluco drogado que passara um pouco dos limites.

— Seu colega gostosão ficou apagado esse tempo todo? — perguntou ela.

— Uma hora combustível de isqueiro acaba, né, querida?

Eles riram. Era assim quando duas pessoas se tratavam como irmãos. Contudo, para Darren estava se tornando uma tarefa cada vez mais difícil acompanhá-la pelas baladas. Emily simplesmente aparecia e sumia dos lugares com uma rapidez de outro mundo.

— Posso saber onde a senhorita estava?

— Adivinha? — A ruiva se sentou desengonçada e com os pés imundos ao lado do homem apagado.

— Se esfregando com o barbicha em algum lugar! Só pode!

Ela riu. *Barbicha* era ótimo.

— Não sei por que pergunto — resmungou Darren. — É sempre a mesma coisa. Precisa segurar esse furacão que existe dentro de você, menina!

A gargalhada da garota distraiu um grupo que ainda dançava ao som de trance.

— Falou o rapaz que deixou *esse daqui* nesse estado — comentou ela. Marcas de mordida e arranhões vulgares se destacavam no peitoral do loiro.

— Só posso ter nascido com ascendência vampírica, meu amor — brincou Darren. — Eu gosto de cavalo puro sangue! Já a sua loucura não tem explicação.

*Explicação.*

Lembrou-se da expressão assustada do rapaz no banheiro e de como havia ganhado rios de dinheiro naquela noite.

— Deve ser coisa de St. Patrick — brincou.

*Só podia.*

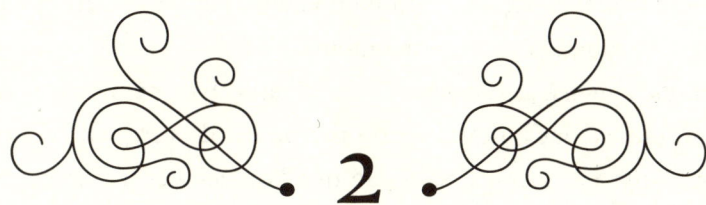

## 2

Tinha até medo de ver o estado de seu cabelo.

Emily havia chegado da festa e capotado na cama com a mesma roupa. A mistura de destilados verdes não lhe caíra bem. Culpava o pigmento. Quando chegou semiacordada na mansão O'Connell, atirou os sapatos no outro lado do quarto e, com os pés em estado lastimável, se jogou na cama king size lotada de travesseiros. Era o retrato da típica princesa do mundo moderno.

Ao acordar, imaginou como o adereço de cabelo deveria estar arruinado, com os pedaços espalhados pelo cobertor. *Ah, um Philip Treacy*, pensou. Só que era tarde demais. Para completar o desespero, não precisou nem abrir os olhos sujos de rímel para sentir que alguém havia entrado no quarto e caminhava em direção ao parapeito.

*Não, a janela não! Por favor, luz não*, implorava mentalmente.

— Com o que devo me surpreender mais? Com você esparramada em uma cama às cinco da tarde, cheirando a algo que eu nem quero imaginar, ou com o aumento de alguns milhões na minha conta bancária durante a noite?

— A *minha* conta aumentou... — resmungou ela, virando-se na cama de um lado para o outro, de ressaca.

O dono dos passos aproximou-se e, ao se sentar na beirada da cama, colocou a cabeça da menina no colo. Tirando o arranjo de cabelo do emaranhado ruivo, comentou:

— O que é meu é seu, lembra? — brincou. — Vale para os dois lados.

A garota apenas bufou e sentiu um pouco de vergonha pelo estado em que se encontrava, sabendo que isso acontecia com certa frequência.

— Apesar de ter ganhado, estou parecendo uma perdedora, não estou? Pode falar que eu deixo, vai — disse ela rindo ironicamente.

— Já fui jovem como você — respondeu o homem, retirando o acessório do cabelo dela e enrolando uma mecha acobreada nos dedos gorduchos. — É normal sentir essa euforia, mas depois vem a culpa. Admito que preferiria ver você com menos maquiagem borrada e um cheiro mais agradável.

Emily riu. Era isso ou chorar.

— Estou preocupado com esses surtos de sorte. Eles chamam atenção desnecessária, e você sabe que não precisamos disso. Por que continua jogando? Não sente que é rica o suficiente?

Isso nunca havia lhe passado pela cabeça.

— Acho que uma pessoa nunca se sente rica o suficiente...

— Você está realmente apegada ao dinheiro, não é? Isso me preocupa...

O rumo da conversa deixou Emily tensa. Levantou-se para encarar o homem ao seu lado.

— Estamos com problemas financeiros, papai?

Padrigan O'Connell, patriarca da família, apenas a observou com os olhos verde-claros. A expressão serena na face enrugada era reforçada pela espessa barba ruiva. Estava vestindo um terno cinza e uma gravata dourada. Os cabelos alinhados em gel davam-lhe o aspecto de um homem de classe, mas no fundo era uma pessoa muito simples.

— É apenas uma preocupação, minha filha. E vai ser sempre apenas uma preocupação se você continuar a engordar nosso cofrinho, não é? — desconversou Padrigan.

— Nosso pote de ouro...

O pai riu. Emily dizia aquilo desde os cinco anos. Ela era muito mais sensitiva do que poderia imaginar.

— Sim — concordou. — O nosso pote de ouro.

A ruiva fez um rabo de cavalo e depois enrolou o cabelo em um coque. Sentia-se um pouco mais limpa daquela forma.

— Preciso encontrar Darren — avisou a garota, dando a deixa para o pai sair do quarto.

— Melhor do que encontrar seus amigos seria você começar a levar os estudos a sério.

Ela mostrou a língua em uma careta debochada.

— Em uma noite de apostas ganhei mais que muita gente em uma vida toda, não é? — declarou, desafiadora, ao pular da cama.

— Depende do referencial — comentou o pai.

Emily deu um beijo na testa do homem e correu para o banheiro com o celular já vibrando. Havia diversas mensagens do amigo para responder e fotos de toda a alta sociedade para conferir. Ficar conversando sobre a improvável possibilidade de uma falência com seu pai parecia um desperdício.

Desde pequena ela percebia que sua família era mais liberal que as das amigas. Muitas delas precisavam ouvir sermões diários ou não debatiam assuntos delicados em casa. Com ela sempre fora o contrário. Os pais a deixavam fazer o que quisesse e não a poupavam de nada. Pelo menos essa sempre fora a sua impressão. Dialogavam para tudo. Teve a conversa sobre "como os bebês nascem" muito antes do previsto e ficou chocada com as imagens gráficas que Claire, sua mãe, lhe mostrou. O papo sobre drogas e álcool veio em seguida, e a primeira taça de vinho lhe fora oferecida pelo pai aos quinze anos. Ok, eles só a tinham autorizado a beber depois dos dezoito, mas acreditavam ter sido os primeiros a oferecer-lhe álcool. Quem não gostaria de pais como os seus, que a entendiam e a deixavam passar livremente por todas as fases da vida? Pais capazes de ouvir até suas besteiras? Claro que em alguns momentos levava puxões de orelha, pois eles sempre priorizavam sua educação.

No entanto, desde que dominara o pôquer, as coisas nunca mais foram as mesmas, pois o casal O'Connell passou a olhar a filha de forma diferente. *Só que ela estava fazendo dinheiro, não estava?*, pensava. Não era a forma mais saudável para isso, mas possuía uma espécie de *dom*. Então aproveitava a liberdade dada pelos dois antes que essa benevolência acabasse. A ruiva aguardava o dia em que seus "verdadeiros pais" tocariam a campainha e expulsariam os dois hippies que moravam com ela. Claire e Padrigan O'Connell vinham falando bobagens tão sem cabimento que nem pareciam os donos de uma marca refinada. Tinham conversas estranhas e discutiam lendas irlandesas antigas. A filha desconfiava das fontes daquela "criatividade", mas não ousava perguntar de onde vinha tanta inspiração. Sempre achou melhor ficar na dela.

— Amore! Acordei agora com o maluco do meu pai tirando o Philip Treacy do meu cabelo. Quais são as novidades? — perguntou ao amigo do outro lado da linha, enquanto enchia a banheira de mármore.

— Todo mundo está comentando da festa! — disse Darren, esbaforido.

Para Emily, isso não era surpresa alguma. Óbvio que a festa de St. Patrick seria comentada. Se os habituais eventos sociais de Dublin já eram discutidos durante dias, uma festa programada para ser a melhor do ano teria uma repercussão muito maior! Se bem que ela não tinha achado *aquela* a festa mais divertida dos últimos tempos.

*Devo estar ficando velha*, pensou, apesar de nem ter vinte anos ainda.

— Você não está entendendo! — reclamou Darren aos berros.

O barulho da água enchendo a banheira era alto e a paciência dela estava quase no limite, então, para não se estressar com o amigo, perguntou logo:

— Ok, Darren! O que aconteceu? As pessoas estão falando sobre o quê?

— Ba-ba-do! Owen teve sua conta pessoal congelada por credores por causa do jogo de ontem. A família dele disse que não vai pagar a dívida. E todo mundo está dizendo que o barbicha tirou uma foto sua no banheiro!

Onde estava a sorte dela naquele momento? As informações caíram como um balde de água fria, e a ressaca atingiu um nível estratosférico. Não conseguia imaginar O'Connor repleto de dívidas. Ele sempre fora o que mais ostentava do grupo. Aquilo soava bizarro demais! Com certeza os pais dele continuariam a bancá-lo, ainda que provavelmente fossem querer controlar seus gastos. E Emily não se lembrava de nenhum flash no banheiro assustadoramente escuro da noite anterior.

— Filho da mãe! — reclamou a garota, já tirando o vestido amassado e entrando na água quente. — Será que aquele idiota conseguiu mesmo tirar uma foto minha?

Emily escutou uma risada nervosa do outro lado. Darren devia estar querendo matá-la: outra vez havia se metido em confusão.

— Ok, já sei. Quando você ri desse jeito é porque estou agindo como uma menina má, do tipo que você não gosta.

— Ainda bem que você me conhece — concordou o garoto.

— Sobre Owen ter a conta congelada, não tenho muito a dizer. Quem manda ser ganancioso e péssimo jogador? Talvez assim ele consiga conquistar alguém, né? Deve ter várias meninas carentes na nossa roda social sentindo peninha dele agora.

Emily ouviu outra risada de Darren.

— Ele é um dos caras mais atraentes aqui da Irlanda, Emmy! Já foi eleito um dos solteiros mais cobiçados do ano várias vezes. Ele só não conseguiu conquistar *você*, sua louca!

— Tanto faz...

Darren achava divertido conversar sobre as últimas fofocas com a amiga. Ela levava o assunto de uma forma espontânea e distante, mesmo percebendo que noventa por cento do que se falava tinha alguma ligação com ela.

— E sobre a foto? O que vai fazer? — questionou o rapaz. — Você pelo menos tem o número de telefone dele para confrontá-lo?

Emily fechou os olhos para visualizar a noite anterior. Era triste, mas não se lembrava nem do nome do sujeito.

— O que exatamente te contaram? Se tivessem alguma foto, você não acha que já estaria na internet? Lembra aquela do meu topless em Ibiza no ano passado? Não demorou cinco minutos para começar a circular.

— Bem... — começou Darren, relembrando os fatos. — Foi a Aoife que me ligou desesperada, já que você não atendia. Ela estava louca para saber da festa. A infeliz não pôde ir porque está em Los Angeles, lembra? Volta antes do casamento dos Smith...

— Mas, se ela ligou para perguntar da festa, como sabia do barbicha e das fotos no banheiro?

— Porque, enquanto falava comigo, ela recebeu uma mensagem dizendo que o filho de um diplomata de Belfast estava espalhando por aí que vai mostrar pra todo mundo o que você fez ontem com ele no banheiro.

Os dois ficaram em silêncio.

Darren esperava algum comentário de Emily, mas a garota apenas encarava o teto branco.

— Então não existe a palavra 'foto' na fofoca? — soltou, depois do que pareceu uma eternidade. Darren tinha o costume de aumentar algumas histórias. Na verdade, ele exagerava mesmo no drama. Seu hobby favorito era assistir a novelas mexicanas pela TV a cabo, e esse vício acabou influenciando suas atitudes.

Pelo silêncio dele, Emily percebeu que o melhor era continuar a falar.

— Aquele garoto estava estranho. Quando saí do banheiro, ele parecia um maluco. Talvez esteja querendo chamar atenção.

— Você não vai fazer nada? — Darren não entendia a calma de Emily diante do suposto vazamento de uma foto íntima sua.

— Amore! O barbicha só está querendo espalhar que teve cinco minutos no céu comigo. Deixa o coitado ser feliz! Que tal?

Concordando em tirar o assunto da cabeça, eles desligaram. Darren foi assistir a um novo capítulo de sua novela e Emily faria o que melhor sabia: beberia com estranhos no bairro de Temple Bar. Talvez até fosse ao famoso pub batizado com o mesmo nome para dar uma de local inocente nas garras de estrangeiros bonitões. Uma frase, entretanto, não lhe saía da mente.

*... vai mostrar pra todo mundo o que você fez ontem com ele no banheiro.*

Emily não podia negar. O olhar perturbador daquele rapaz a havia incomodado um pouco. Agora, o fato de ele não ter simplesmente esquecido a noite anterior deixava-a desconfiada. Será que tinha acontecido algo a mais no banheiro? Deveria tentar se manter sóbria naquela noite, talvez até ficar em casa?

Bufou para o espelho. Já tinha se lavado, secado e vestido um jeans com cardigã preto. Não fossem a bota Chanel e o anel de diamantes em formato de trevo de três folhas, poderia ser confundida com uma jovem como qualquer outra. Mas não seria naquela noite que deixaria sua riqueza de lado.

Beberia uma cerveja artesanal e cobiçaria algum mochileiro atraente. Tentaria esquecer aquele olhar paranoico.

Talvez conseguisse.

RELATÓRIO TL                    Nº 590.687.685.565.656

*Para a excelentíssima Comissão Perseguidora*

*Assunto:*
RELATÓRIO DE ROUBO • *Indivíduo não cadastrado* •

Órfão cadastrado em nosso sistema sofre golpe de indivíduo não cadastrado e perde seu toque.

*Localização da vítima:*
Chelsea – Londres – Inglaterra

*Habilidade familiar:* artística.

*Histórico:* filho de músico consagrado, perdeu os pais quando adolescente e, desde então, cuida dos royalties da família e aplica em ações.

*Idade de reconhecimento e cadastro no sistema TL:* aos 10 anos. Cadastrado há 15 anos.

*Status:* um dos jovens com toque de maior habilidade.

*Acontecimento:* Vítima acredita que o responsável por roubar seu toque não tenha cadastro no sistema TL. Também acredita ter informações forjadas do agressor.

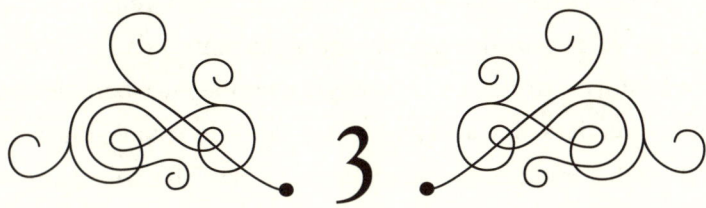

# 3

Após quase uma semana apenas dormindo e frequentando pubs, Emily finalmente resolveu voltar a encarar a realidade. Seus pais em algum momento ficariam irritados por ela estar faltando tantos dias de aula. Adorava o curso de Dramaturgia da Trinity College; não era como se estivesse cursando uma faculdade por obrigação. Precisava apenas deixar as festas um pouco de lado e voltar a focar sua atenção em conseguir o papel principal do próximo espetáculo da Trinity.

Darren continuava insistindo que valeria a pena investigar a questão da suposta foto íntima da festa de St. Patrick. Emily achava isso uma bobagem e dizia que não queria se lembrar do assunto. A foto não vazara e pronto. Entretanto, quando Darren tinha uma ideia fixa, não havia descanso. Ele era como um irmão mais velho. Tinha conversado com muitos dos rapazes da festa e nenhum deles confirmou a existência da tal fotografia. Mas algo lhe dizia que aquilo não se tratava apenas de fofoca. Ele parecia sentir que Emily não lhe contara alguma coisa que tinha acontecido naquele banheiro, e o fato de ela ter passado uma semana inteira apenas dormindo e frequentando pubs só aumentava sua desconfiança. Emily só agia assim quando algo a perturbava.

— Muito bom presenciar a rainha voltando ao seu reino – comentou o amigo ao vê-la cruzar o portal para a ala central da faculdade. Ele cursava História Antiga e Arqueologia e também acabara de chegar.

Emily prendera os cabelos em um rabo de cavalo improvisado e usava óculos escuros tão grandes que quase lhe cobriam o rosto. Parecia uma diva dos anos 50. Por trás dos óculos, sua testa estava franzida por causa da iluminação excessiva. Ela sempre reclamava da claridade quando estava de ressaca. Nessas ocasiões, não havia nada melhor do que lugares escuros.

*Com certeza ela preferiria estar no Temple Bar*, pensou Darren.

— O dia em que o meu reino for uma universidade, por favor, me mate! — Emily empurrou um copo de café brasileiro do Bald Barista para o amigo e continuou andando até o centro do campus. Sabia que o sabor da bebida feita pela melhor cafeteria da cidade iria alegrá-lo.

A universidade ficava no coração de Dublin, a apenas um quarteirão do Rio Liffey, que corta a cidade. Do lado de fora, a extensa fachada decorada com colunas se assemelhava a um palácio, com tijolos cinza e um grande relógio azul-claro no alto, ao centro. No gramado à frente, estátuas de metal eram protegidas por grades escuras e pontiagudas. Aquela era a instituição de ensino superior mais famosa e antiga da Irlanda, fundada em 1592 pela Rainha Elizabeth I. A maioria dos alunos sentia muito orgulho da instituição, e turistas visitavam o lugar quase diariamente, observando os painéis do hall de entrada, que ostentavam nomes ilustres, como Bram Stoker e Oscar Wilde, nas listas de seus ex-alunos.

Antigamente, a universidade aceitava somente alunos protestantes, mas católicos também podiam se inscrever, desde que abrissem mão de suas crenças. Por incrível que pudesse parecer, ela agora era uma das poucas alunas não católicas da universidade. Era ateia em um país em que a população acreditava em muitas coisas, desde deuses justiceiros até criaturas pequenas e verdes. Sempre que olhava o campanário de doze metros de altura que abrigava o sino na praça central, Emily O'Connell, a nova celebridade do local, pensava em como ela própria um dia estaria naquela espécie de Hall da Fama, entre tantas figuras importantes. Até a estátua de Provost Salmon, antigo diretor que não aceitava mulheres na instituição, parecia-lhe uma espécie de ironia. Ao entrar para a universidade, fizera questão de cuspir no local onde ele havia sido enterrado. Divertia-se um pouco com aquilo. Gostava de bancar a rebelde.

Afinal, quem não gosta de irreverência?

— Sabe em que sala é sua próxima aula? — perguntou Darren.

Ela não tinha ideia. Pelo excesso de faltas e por nunca carregar seu cronograma, ficava perdida nas questões práticas da vida universitária. Gostava do curso, porém odiava disciplina e rotina. Tentou pensar em alguém de sua turma para quem pudesse ligar. Não mantinha os colegas em sua roda fechada de amigos, mas era cordial com alguns deles, mesmo sabendo que a maioria queria a amizade dela por interesse.

De repente, a Trinity College parecia um grande quadrado prestes a se comprimir e engoli-la. Edifícios cinza se espalhavam para todos os lados. Por sorte reconheceu um rapaz de sua turma, que usava óculos de grau chamativos.

— Ei, você! — gritou, chamando a atenção do jovem. — Sabe qual é a nossa próxima aula?

O rapaz apenas sacudiu a cabeça, consentindo de forma destrambelhada, quase deixando cair os óculos. Parecia nervoso. Emily era conhecida por seu talento em atuação. Dominava qualquer exercício na primeira tentativa. Herdeira de uma marca como a O'C, todos imaginavam que escolheria um curso ligado à moda ou aos negócios, por isso os pais tinham de início ficado um pouco decepcionados com sua escolha. Ela era naturalmente criativa nos designs, mas sentia que precisava das aulas de dramatização para soltar um pouco a energia estagnada dentro de si. Toda vez que retornava aos palcos, se perguntava por que ficara tanto tempo afastada. Naquele dia, tudo indicava que ia chegar à mesma conclusão.

— Vou acompanhar o cavalheiro aqui até a aula – disse Emily, apoiando-se no braço do rapaz assustado. – Nos encontramos mais tarde?

— Já que não tive a mesma sorte de encontrar um bonitão para me acompanhar, acho que é isso – lamentou Darren. – Te vejo mais tarde. Comporte-se!

— Sempre! – respondeu, baixando os óculos e dando uma piscadela no melhor estilo Emily O'Connell.

A caminhada até o teatro pareceu muito longa. Ainda mais para o rapaz que não conseguia controlar a tremedeira com Emily apoiada em seu braço. Como ele entraria na aula daquele jeito? O garoto suava e engolia em seco, mas sabia que precisava aproveitar a oportunidade para falar algo antes de chegar à porta.

— Gosto muito do seu trabalho – arriscou.

A garota riu, cheia de si.

Será que ele estava falando dos modelos da coleção de sapatos e bolsas da família? Ou das aparições em festas exclusivas e nas capas de revistas?

Percebendo o silêncio, o rapaz complementou:

— Admiro sua atuação, quero dizer. Assisti ao material que gravou no ano passado aqui e já te vi em alguns exercícios em aula. Você tem o dom.

Emily observou por algum tempo o rapaz caminhando ao seu lado. Precisava admitir que adorava ser o centro das atenções.

— Devo ter nascido com estrela... — respondeu vagamente.

O termo "trabalho" assustava um pouco. A ruiva temia o que poderia acontecer com ela se tivesse que liderar o império dos pais. Além de atuar, desenvolver produtos de design para a O'C, posar para fotos, ganhar em jogos de azar e arrasar em festas, não sentia prazer em mais nada. Havia os rumores de que ela também tinha "um dom" entre portas fechadas, mas aquela poderia ser apenas outra lenda irlandesa.

Quando os dois entraram na sala, os outros alunos encararam a porta. Emily pôde ver que algumas meninas sacaram os celulares da bolsa imediatamente e começaram a digitar. Notava os cochichos e olhares para o casal, então tratou de se afastar do garoto e procurar uma cadeira. Preferia ficar na frente para chamar a atenção dos professores. Queria manter o foco. O importante para ela era estar sintonizada com o professor e ter os melhores papéis.

— Acho que os óculos de sol não serão mais necessários, O'Connell — comentou o professor, um homem barrigudo e calvo, em cima do tablado. — Fico feliz de ter a honra da sua presença. Talvez até o tempo mude.

Alguns alunos riram. Risinhos discretos, pois não queriam causar má impressão com a garota. Emily comandava a classe A da cidade. Por que alguém arrumaria problemas com uma pessoa tão influente?

— Se chover podemos ensaiar 'Cantando na chuva', mestre.

Os alunos riram mais alto.

O professor ignorou-os e continuou com a aula.

O tempo passou e as coisas transcorreram de forma tranquila até a turma ser dispensada. O professor, porém, chamou-a de lado:

— A senhorita pretende voltar amanhã?

Emily se viu pega de surpresa.

— Não gosto de pensar no amanhã. Prefiro sempre viver o momento, mas acredito que sim, professor.

— Você é uma das melhores atrizes desta turma, srta. O'Connell. Um verdadeiro talento. Adoraria colocá-la no papel principal para a apresentação de final de semestre, mas, se continuar faltando desse jeito, não poderei decidir a seu favor.

Emily sentiu-se lisonjeada com o convite, mas estava acostumada demais com elogios e não soube expressar seu interesse de modo apropriado.

— Se o senhor concorda que sou a melhor desta turma, então por que não? Não é mais fácil me dar o texto e eu apenas aparecer?

Seu tom arrogante tocou em algum ponto do professor. Ela notou o espasmo subindo pela coluna dele e o punho sendo fechado.

— A senhorita *realmente* acha que esta instituição é uma piada? Que por causa do seu sobrenome vai passar na frente de pessoas realmente interessadas? Seu comportamento me revolta, srta. O'Connell! Estou profundamente decepcionado. Se este curso não lhe interessa de verdade, você está apenas ocupando a vaga de alguém.

A explosão do mestre a deixou constrangida, mas Emily não quis demonstrar fraqueza. Precisava preservar sua reputação.

— Já mostrei a minha paixão pela arte neste tablado, senhor! Não teria entrado neste curso se não fosse por isso. Todos sabem que não preciso de formação para ter um futuro, mas mesmo assim estou aqui. Isso deveria dizer alguma coisa sobre o meu interesse.

— Isso me diz que continua se apoiando demais em seu sobrenome — bufou ele. — Se você quer ser a protagonista da peça, terá que vir para as aulas e também para os ensaios gerais fora do horário da disciplina. Vai precisar se esforçar.

— Quem vê acha que essa peça de teatro universitário poderia me dar um Oscar — ironizou a garota.

O professor se manteve em silêncio. Muitas alunas como aquela haviam passado por sua sala durante seus vinte e cinco anos de ensino.

Considerado um dos melhores atores de tablado da Irlanda, ver-se desrespeitado daquela maneira era cruel.

— É triste ver você desvalorizando uma arte tão sensível como essa — resmungou o homem. — Eu me decidi: a senhorita não participará mais das minhas aulas. Se não trancar a disciplina, será reprovada. Tenha uma boa vida, srta. O'Connell.

Emily não soube como agir. Esperou o professor deixar a classe e colocou de volta os óculos de sol, saindo o mais rápido possível. Por que mesmo tinha se levantado da cama? Perdera horas de sono e mais tarde ainda teria que ir a um casamento estúpido. Agora, demoraria horas se arrumando e provavelmente estaria acabada com apenas duas taças de Veuve Clicquot. Quem se casava em dia de semana? Ao menos sua amiga Aoife estaria lá e, finalmente, teria alguém com quem dividir Darren. O amigo surtaria quando descobrisse sobre a briga com o professor renomado, e ela andava cansada de seus ataques.

Algumas horas depois, encontrava-se diante da porta do hotel cinco estrelas mais conhecido de Dublin: o Shelbourne. Ficara feliz ao saber que Cassidy, uma amiga da família, havia decidido se casar na cidade. Muitos irlandeses ainda sonhavam com o casamento no estilo medieval a céu aberto em locações paradisíacas, e por diversas vezes Emily tivera que alugar helicópteros que pudessem levá-la a cantos isolados da Irlanda. Não suportava casamentos religiosos e pedira a Darren para acompanhá-la apenas à festa. Os pais iriam na frente para a cerimônia e todos se encontrariam mais tarde. Emily ficou feliz com a escolha do Shelbourne, pois era um lugar de fácil acesso e com uma boa vista para o belíssimo parque St. Stephen's Green. Nada melhor do que estar no coração de Dublin.

Vestia um longo Marchesa bege escuro de chiffon drapeado, com um cinto na altura da costela cravejado de joias. O cabelo estava todo jogado para o lado esquerdo em uma trança sofisticada, e ela usava um brinco de diamante simples, para não contrastar com o restante do visual. A noiva teve sorte naquela noite: Emily não estava animada para se arrumar.

O hotel inaugurado em 1824 possuía 262 quartos espalhados em oito andares e ocupava quase todo o quarteirão. Com uma fachada marrom, as diversas janelas surgiam entre os tijolos, transmitindo ao edifício um visual tipicamente europeu. Ao entrar pelo saguão, pôde notar o tapete vermelho estendido e apreciou o fato de a festa já ter começado, exatamente como previra.

*Cheguei em boa hora*, pensou aliviada.

Darren e Aoife a esperavam na porta do salão, muito bem-vestidos. Emily estava com saudade de dar um abraço forte na amiga, que os abandonara havia um mês por causa de um americano rico que tinha vindo de intercâmbio para a cidade. A garota se apaixonara loucamente no primeiro encontro e decidira acompanhá-lo até Los Angeles. Quando os pais de Aoife descobriram, ela já estava tomando sol na mansão dele em Malibu. Em ocasiões como aquela, ela era ainda mais impulsiva do que Emily. Talvez por conta disso se dessem tão bem e ao mesmo tempo brigassem com mais frequência. Darren bancava o responsável às vezes, mas também não era o melhor exemplo de bom comportamento. Alguns meses antes, ligara para elas desesperado, após pular só de cueca da janela de um de seus namoradinhos, que era casado com uma coroa do ramo imobiliário. As duas precisaram dirigir até uma parte afastada da cidade com uma muda de roupas. Era um trio divertido.

Quando se aproximou e abraçou a amiga, Emily ouviu o comentário:

— Essa maluca aqui acabou de revelar que está noiva no meio de um casamento!

— O QUÊ?! — exclamou Emily, procurando desesperadamente a mão de Aoife. A amiga tinha uma aparência delicada, a pele quase albina, corpo magro, olhos azul-piscina e cabelos loiros até a cintura. Típica beleza élfica.

— Dá licença que a maluca aqui descolou um anel Claddagh em um mês! — gabou-se a amiga, estendendo a mão e balançando os dedinhos.

No pequeno dedo esquerdo, Aoife ostentava um dos maiores anéis de noivado que Emily já tinha visto. Deveria ser até maior do que o da noiva que se casara naquele dia. O americano provavelmente havia pesquisado muito sobre a tradição irlandesa para escolher um Claddagh como aliança. Aquele era um anel exclusivo e passado por gerações familiares, de venda restrita. Conseguir um daqueles era a prova de que com dinheiro tudo era mesmo possível. Admirou a peça de ouro branco com o desenho de duas mãos segurando um coração coroado. De perto, parecia a joia mais linda do mundo. O coração de esmeralda era contornado por doze diamantes de bom tamanho e o brilho que refletiam derreteria qualquer coração feminino. Aquele era um símbolo de amizade, amor e lealdade segundo as tradições do país.

Algo realmente mágico devia ter acontecido entre os dois.

— O sexo deve ter sido maravilhoso! — comentou Darren, admirado com o anel e rompendo o fluxo de pensamento da ruiva. — O que alguns *pints* de cerveja não fazem com um homem.

Emily não sabia o que dizer. Não suportava casamentos, mas diante do anel brilhante da amiga ela se sentiu...

Vazia.

Estava feliz por Aoife, mas ainda assim sua vontade era de sair gritando. Talvez fosse por causa do dia estressante ou porque nunca tivera um relacionamento sério. Tudo começava a machucar. Mas, no fundo, sabia que não era nada daquilo.

Era um certo olhar que ainda a incomodava.

Desde o feriado de St. Patrick, ela sabia disso, mesmo negando para o melhor amigo. Algo tinha acontecido naquela noite com o rapaz da festa. Seu grito parecia ter despertado nela algo que não sabia explicar, e o olhar dele ainda a assombrava. Não contara a Darren, mas procurara pelo barbicha durante dias. Ele simplesmente havia evaporado da Irlanda. O curioso é que situações como aquela já haviam ocorrido no passado. Em momentos de desespero, o destino parecia conspirar a seu favor, fosse quando arriscava o dinheiro dos pais no jogo ou quando passava em um sinal vermelho em alta velocidade. Não importava.

Ela sempre ganhava.

— Eu sei que o brilho é hipnótico, mas estou começando a ficar assustada... — falou Aoife, recolhendo a mão da de Emily e alisando a peça.

— Fecha a boca, bicha má! — ironizou Darren, colocando a mão sob o queixo de Emily.

O comentário do amigo acordou-a do transe. Precisava demonstrar felicidade para os dois e para os convidados da festa. Lembrou-se de que teria de encarar os pais para contar que havia sido expulsa de uma de suas disciplinas. Sem dúvida aquilo chegaria aos ouvidos deles.

Precisava sorrir, afinal ali no salão haveria fotógrafos, e suas expressões seriam eternizadas. Respirou fundo em um exercício de yoga e brincou:

— Não é nada disso, bobos! Estou pensando que o pirado que resolveu te dar um Claddagh tem muita sorte. Você com certeza será a melhor e mais linda esposa do mundo...

Aoife ficou emocionada com as palavras da amiga e exigiu um abraço em grupo. Emily e Darren imaginavam que aquela devia ser só mais uma decisão impulsiva e que em breve ela desistiria do casamento, porém naquela noite apenas pensariam em como Aoife ficaria uma fada com um vestido de noiva celta.

Quando Emily virou para finalmente entrar no salão de jantar oficial, trombou com um jovem desconhecido.

– Olhe por onde anda, garota! – resmungou o rapaz, alisando o terno depois do encontro.

A ruiva, chocada com a grosseria, permaneceu estática. Ele a ignorou. Simplesmente mostrou-se mais interessado em alisar a roupa nada afetada pelo esbarrão. Pelo sotaque, Emily percebeu que se tratava de um americano. Talvez fosse por isso que ele não havia se desculpado ainda. Não conhecia sua reputação.

*Epidemia de americanos*, pensou.

Quando o rapaz parou de se ajeitar e levantou a cabeça, houve uma troca de olhares. Por alguns segundos, Emily analisou cada detalhe do rosto dele. O cabelo escuro na altura do queixo jogado para o lado e encaixado estrategicamente atrás da orelha. A sobrancelha fina e desenhada. Os olhos acinzentados e o queixo quadrado como o do super-homem. O engraçado era que ele não parecia interessado em avaliá-la. Seu olhar estava distante. Ele simplesmente bufou, disse alguma gíria que ela não conhecia e adentrou o salão.

Emily ficou sem ação.

O que acontecia com ela? Aquele não parecia ser um dia como os outros.

Tinha medo de dias assim.

# 4

O mau humor a consumia. Tudo parecia conspirar contra ela: melhor seria nem ter saído da cama naquele dia. Depois da trombada com o rapaz misterioso, Emily, Darren e Aoife resolveram finalmente entrar na festa de casamento. Passaram pela recepção, onde seis mesas altas enfeitavam o espaço com velas compridas e flores perfumadas. Algumas pessoas conversavam à beira da lareira decorativa com suas taças de champanhe. Retratos em tinta a óleo embelezavam as paredes tingidas de bege, completando a riqueza do lustre que iluminava o recinto. Após cruzarem a porta de madeira, eles chegaram a um salão com cerca de cem pessoas dançando e conversando animadamente. Todas as mesas e cadeiras estrategicamente posicionadas eram forradas com tecidos claros de seda. Talheres, copos e pratos já estavam dispostos, e o arranjo central de flores em diferentes tons de rosa aumentava a elegância da decoração. Não era o casamento mais bonito já testemunhado pela alta classe irlandesa, mas não deixava de ser uma festa linda. Na penumbra criada pela fraca luz das velas, Emily ficou receosa de reencontrar o americano estressado.

*Que tipo de homem não corre para se desculpar com uma mulher como eu?*, pensava ao varrer o local com os olhos semicerrados.

Ela conhecia muito bem os fofoqueiros de Dublin. Eles estavam sempre no encalço de qualquer deslize seu. Provavelmente já havia matérias de destaque nos jornais a respeito de sua briga com um renomado professor da Trinity College.

Perdida em pensamentos, Emily ouvia no fundo de sua mente a voz de Aoife contando os diversos detalhes de sua viagem aos Estados Unidos. O papo lhe revirava o estômago, mas forçou um sorriso. Até Darren já parecia cansado de ouvir pela milésima vez os momentos cafonas do amor cor-de-rosa da amiga. Quando encontraram a mesa de sua família, Emily ficou aliviada pela possibilidade de mudar de assunto. Estava prestes a perguntar sobre o dia de seus pais quando a amiga mostrou para sua mãe a joia chamativa, e o papo continuou:

— Deixe-me adivinhar o que a está irritando: é o noivado ou o casamento? — indagou aos sussurros o pai, notando a ruga entre os olhos da filha.

— Posso responder que os dois?

Eles riram.

Darren havia localizado um antigo affair da época de colégio e aproveitou para fugir da conversa cansativa. Emily sentou-se perto do pai.

— Não fique cabisbaixa — aconselhou Padrigan. — O que as colunas sociais vão dizer de você?

Ela não conteve outra gargalhada. Só o pai a entendia tão bem.

— Há mais alguma coisa te perturbando?

Emily não sabia se devia aproveitar para contar tudo. Tinha tanta coisa engasgada que parecia que um bloco de cimento estava emperrado em sua garganta. Contudo, a briga com o professor, o anel de noivado idiota da amiga e a grosseria do americano na entrada pareciam apenas distrações se comparados ao maldito olhar do babaca que a havia agarrado no feriado de St. Patrick. Ela bufou.

*Eu não sou assim. Onde está a minha estrela?*, pensou, remexendo o tecido macio do vestido.

— Fique sossegada! Já conversei com um representante da Trinity esta tarde. Você trancará a disciplina e voltará quando se sentir mais animada. Minha princesa merece o melhor; se não se adaptou aos métodos do professor, vamos repensar e dar um jeito.

O bloco de cimento pareceu afundar. Ela *quase* não ficou surpresa. O pai sempre ficava sabendo de tudo, e a calma com que lidava com seus problemas era incrível. Emily realmente tinha a família mais tranquila do mundo e um pai com coração de ouro.

— Eu não acredito que aquele velho foi abrir a boca pra você! — desabafou a menina, cruzando os braços e percorrendo o salão com os olhos para ver se flagrava algum fotógrafo ou jornalista.

O pai soltou uma gargalhada.

— Velho não! — disse entre risos — Também sou velho, mas isso não significa que sou amargurado! Preciso mostrar para você que a maturidade pode ser mais leve. Mais *descolada*, como você gosta de dizer.

— Você é demais, sabia?

— Sou apenas orgulhoso. Tenho uma filha muito talentosa que só fala o que pensa. Dizem também que ela me ama. De que mais preciso?

A declaração balançou o coração de Emily, quase sempre tão frio. Só os pais e os melhores amigos tinham aquele poder. Não merecia um pai como o seu. Como não se apaixonar pela sinceridade daquelas palavras?

— É só uma disciplina, ok? Não ficarei parada. Pretendo *realmente* orgulhar você.

— Ah, mas não vai ficar parada mesmo! — exclamou ele, se levantando da mesa.

Emily não entendeu. Em seguida, Padrigan chamou um homem alto, loiro e de certa idade e o apresentou para ela.

— Este é Jack Quinn, diretor de cinema e antigo amigo meu.

Emily se lembrou de já ter visto o homem em uma noite de estreia. Ia com frequência a lançamentos de filmes nacionais, mas não recordava se em alguma ocasião haviam conversado.

— Muito prazer, Sr. Quinn! Se é amigo do meu pai, também é meu diretor favorito.

O homem sorriu e a avaliou por completo. Padrigan talvez fosse inocente, mas Emily não era. Provavelmente o diretor imaginava mil formas de ser recompensado se lhe desse um papel em seu próximo filme. Dependendo da proposta, ela até poderia se empolgar.

Depois de poucas palavras e apertos de mãos, recebeu o cartão pessoal do diretor e o convite para uma audição. Ele a considerou perfeita para protagonizar seu próximo filme. Ela riu por dentro, imaginando quantas meninas cairiam em sua lábia: aquele homem nem mesmo a tinha visto atuar. Contudo, a felicidade estava estampada no rosto de seu pai, e ela se perguntou como a O'C tinha conseguido tanta fama e fortuna. Seus pais eram quase desligados demais para o mundo dos negócios. Parecia uma coisa do destino.

*Viu só?*, pensou. *Quem aquele professor acha que é?*

Brindou a conquista com o pai e tomou um gole de champanhe para comemorar. Aproveitou a entrada dos noivos no salão para se retirar em direção ao banheiro. Com a confiança restabelecida, tudo o que ela queria era se divertir naquela noite. Era Emily O'Connell e não podia passar mais um segundo duvidando de si.

Saiu do lavabo com a maquiagem retocada e todos os fios de cabelo nos devidos lugares. Já sentia sua energia fluindo e só precisava de uma boa paquera para se sentir cem por cento.

Foi até o bar para ver se encontrava algum bartender atraente tentando descolar gorjetas, de preferência tatuado e com um visual de bad boy. Se achasse um, sua recompensa seria distribuída em beijos pelo pescoço na despensa ou qualquer outro cômodo vazio. Adorava agir assim, e precisava urgentemente disso para esquecer de vez sua experiência recente.

Quando se recostou no balcão, contudo, não teve tempo de olhar para os bartenders, pois sentiu uma mão em sua cintura. Congelou, e os olhos arregalados se encheram de dúvida. Podia se tratar de um caso antigo. Entretanto, aquele toque era diferente. Os dedos percorreram o chiffon e ela sentiu um ar gélido passar por seu pescoço fino, arrepiando-o. Ficou sem ar por alguns segundos e só quando se virou percebeu quem era.

— Ah, não! Você? — reclamou.

O cabelo comprido dele estava jogado para o lado da forma mais sexy possível. Amaldiçoou-se em pensamento por achá-lo tão sedutor. Precisava se mostrar indiferente à sua presença e esquecer as palavras que acabara de dizer.

— Levou um susto? — perguntou o rapaz, em tom de deboche. — Acho que acabei retribuindo o susto que você deu naquele tal de Brady.

Emily perguntou-se de onde ele tinha surgido e do que estava falando. Algo em sua presença remetia a um poder inexplicável.

— Pelo visto você não se lembra do rapaz com quem se esfregou no banheiro algumas semanas atrás — completou o americano.

*Mais um para me atazanar com essa história.*

Emily o tinha achado charmoso, mas a impressão inicial rapidamente se desfez. Ela destruía em dois minutos de conversa qualquer pessoa que ousasse desafiá-la de alguma forma. Nem sabia por que estava ouvindo os insultos do jovem ao seu lado.

— Eu não sei quem você é nem do que está falando. Para falar a verdade, também não tenho a mínima vontade de descobrir — retrucou com o mau humor florescendo. — Agora, se me permite, gostaria de não ter de olhar para a sua cara pelo resto da festa...

— Isso é medo de gostar demais de mim?

*Abusado*, pensou.

— É assim que conquistam mulheres em seu país? Que patético!

A ruiva fez sinal para que um bartender lhe servisse um drink e tentou escapar.

Seguindo os passos dela, o americano se posicionou ao pé do seu ouvido, fingindo observar os noivos, que posavam para fotos perto da mesa principal. Emily torceu para que qualquer um dos amigos chegasse e a tirasse da situação constrangedora de dispensar um *stalker*.

— Não quer saber o que aconteceu com o Brady? — perguntou o jovem, passando outra vez o dedo ao longo da coluna vertebral dela.

Novamente o frio e a sensação inquietante. *Como ele se sente autorizado a me tocar dessa forma?*, ela se perguntava, mas ao mesmo tempo desejava a sensação esquisita e o imaginava sem o terno e a camisa social.

*Ele está usando Prada*, pensou. Se não fosse estúpido, seria exatamente o seu tipo de homem. Rico e misterioso. Mas, antes de tudo, ele *era* estúpido.

— Quem é Brady? É um rapaz de barbicha que ficou magoado porque eu o censurei? Será que vão ficar me lembrando desse perdedor para sempre?

Em um movimento descuidado, ela resolveu encará-lo e acabou ficando perto demais de sua boca. Por reflexo deu um passo atrás, intimidada, e logo depois resolveu estufar o peito e não se deixar abater pelo estranho.

— Cuidado para não trombar comigo de novo — disse ele, e riu, percebendo a falta de jeito da ruiva.

O sorriso sarcástico e tentador a irritava tanto que ela fechou os punhos.

— Foi *você* quem trombou comigo e agora insiste em me perseguir...

— Você espera que todos a reverenciem, não é?

Semicerrando os olhos e sentindo o ar frio da respiração do homem, resolveu fugir. Deixou a taça na mesa ao lado e partiu à procura de seus amigos. Não olhou para verificar se ele a seguia. Talvez até fosse se sentar outra vez com os pais para evitá-lo, mesmo sabendo que isso acabaria com toda a diversão da noite.

No caminho, pensou na festa de St. Patrick. Como um americano desconhecido sabia de seus segredos? A fofoca tinha sido comentada por muita gente em suas rodas de amizade, mas não parara em nenhuma coluna social. A foto nunca havia surgido. Parecia-lhe esquisito demais que um estranho comentasse sobre aquele incidente. Deveria se importar com aquilo? Achava que não. O rapaz só podia estar curioso e querendo seduzi-la também.

Encontrou o melhor amigo atracado com o antigo affair na sala de recepção. Beijava o rapaz com vontade na frente de vários casais mais conservadores, que os olhavam com expressões não disfarçadas de repúdio. Quando enfim parou de se apressar pelo salão, reparou que o *stalker* não estava mais por perto. Felizmente. Sem qualquer vergonha, cutucou Darren e cortou o clima do casal.

O amigo jogou a cabeça para o lado, saindo dos braços do outro rapaz, e questionou um tanto perdido:

— O que aconteceu para você interromper um *momento magia* desses?

O outro garoto ficou estático de vergonha, e os mais velhos continuaram a encará-los.

— Estou em crise e precisando de você! Termine logo isso aí!

Notando os olhares de censura, Emily achou melhor esperar do lado de fora. Precisava de outro encontro com diretores famosos. Necessitava de adrenalina e sorrisos, não de fugir de um completo estranho e ver todos na festa se dando bem, menos ela.

Darren chegou arrumando a gravata e esticando a camisa social já fora da roupa. Os lábios estavam avermelhados, e os cabelos, bagunçados como sempre.

— Sabe... — começou o rapaz. — As outras pessoas também têm vida...

Emily revirou os olhos e indicou o bar do hotel para se sentarem. Às vezes parecia que ele não a conhecia o suficiente. Mesmo notando a vontade clara de Darren de voltar aos amassos, não conseguiu controlar a necessidade de desabafar.

— Eu não estou bem... — revelou. — Hoje está sendo um dia estranho. Primeiro aquele professor idiota e agora um americano tromba comigo e nem pede desculpas...

Darren desatou a rir.

— Você *ainda* está chateada com isso? Você é Emily O'Connell e nada a atinge, lembra?

— Você não entendeu! Ele falou outra vez comigo, como se nada tivesse acontecido, e ainda citou o barbicha na história.

— O barbicha que está com uma foto das suas partes?

— Tá maluco em falar uma coisa dessa alto assim? Ninguém tem foto de nada! — exclamou Emily, irritada com a falta de noção do amigo.

A ruiva passou os minutos seguintes explicando o que tinha acontecido depois que entraram no salão. Darren teve vontade de tirar satisfações com o americano. Ninguém falaria com sua melhor amiga daquela forma! Só não foi confrontá-lo porque Cassidy, a noiva, era uma socialite de Dublin que frequentemente recebia atenção da mídia. Não podiam armar um escândalo *naquela* festa.

— Só me prometa não sair mais do meu lado hoje — pediu Emily. — Já vi que vou terminar a noite sozinha, e você pode ficar com o seu namoradinho quando quiser.

Darren se levantou do banco onde estava e a abraçou forte. Emily era egoísta, mimada e carente, mas ele era como um irmão mais velho para ela. E amava a maneira como confiavam um no outro, como se fossem do mesmo sangue.

— Você é a minha número um e nenhum homem vai nos separar — declarou.

Voltaram para a festa. Emily esperou que Darren se despedisse do casinho para ir com ele até a pista de dança.

No caminho, a noiva veio em direção a eles, e Emily se lembrou de que deveria tê-la cumprimentado.

— Felicidades, Cassidy e Brendan! Vocês merecem todo o brilho e sorte do mundo — disse para o casal com um sorriso falso.

— Conseguiu mesmo fisgar o gostosão, né? — o comentário inapropriado de Darren fez todos darem risada, deixando o noivo vermelho.

— Já está sendo incrível ser a sra. Walsh, pessoal! — disse Cassidy, exibida. — Mas um desejo de boa sorte dos O'Connell sempre será bem-vindo.

Todos sorriram por conveniência.

— Bem... não queremos segurá-los neste dia tão importante. Parabéns, e aproveitem a lua de mel na Turquia! — finalizou Emily. A escolha do local para a lua de mel havia sido motivo de risadas entre Emily e os amigos. *Quem em sã consciência passaria um dos momentos mais românticos da vida na Turquia?*, pensavam. *Seria mais razoável embarcar para Bora Bora ou Grécia. Algo mais clássico.*

— Você não vai me escapar tão cedo! Gostaria de apresentá-la a uma pessoa. É um conhecido da minha família de São Francisco. Coincidentemente ele estava na Irlanda e pôde vir à festa.

O coração dela parou e, por reflexo, Emily segurou a mão do amigo. Cassidy só poderia estar falando do gringo folgado, e a ruiva não desejava ouvir outros comentários irônicos. Precisava de uma bebida. Como não havia uma taça em sua mão naquele momento?

A noiva virou-se à procura do rapaz. O aperto fazia a mão de Darren arder e ele sentiu vontade de pedir à amiga que se controlasse.

— Emily O'Connell, este é Aaron Locky — apresentou Cassidy assim que o rapaz se aproximou do grupo. — Ele é formado no Departamento de Artes de Stanford e vocês parecem ter muito em comum. Acho que vão gostar de conversar.

— Prazer, senhorita! A querida Cassidy me disse ótimas coisas sobre você. Acho que vamos nos dar muito bem — disse Aaron, puxando delicadamente a mão de Emily para beijá-la.

Darren estava tão chocado que nem sentia mais o aperto em sua mão. O silêncio era constrangedor. Só quando Aaron terminou de beijar a mão de Emily e colocou novamente o cabelo para trás da orelha ela acordou do transe.

— Você está de sacanagem, né?! — exclamou ela, espontaneamente.

Alguns convidados viraram para eles ao ouvir seu tom de voz. A ruiva tinha se esquecido de onde estava e com quem falava.

— Eu avisei que ela tinha bebido um pouco... — sussurrou a noiva para Aaron, envergonhada.

— Acho melhor eu me retirar — disse ele. — Não quero estragar o sorriso de uma mulher como você, srta. O'Connell.

A boca escancarada de Emily deixava claro o seu choque diante do cinismo do americano.

— Quer dizer que você não se lembra da garota em quem esbarrou na porta de entrada? — questionou Darren, depois de voltar a si.

O noivo foi conversar com outro grupo de convidados para escapar do embaraço, mas a noiva ainda observava a tudo atenta. Ela conhecia pouco Aaron, mas sempre o vira como um rapaz educado e de muito status. Antes de conhecer o marido, havia até tentado a sorte com ele. Oriundo de uma das famílias mais ricas de São Francisco, era um mistério como tinha conseguido tanto dinheiro.

— Era você? Mil desculpas! — disse o americano com expressão de remorso. — Estava preocupado porque perdi a cerimônia, então queria entrar o quanto antes para não deixar de ver Cassidy adentrando o salão em seu Vera Wang.

Cassidy ficou lisonjeada. Não era qualquer homem que reconhecia a estilista de um vestido de noiva. Sentiu-se no topo do mundo com o elogio.

*Alguém precisa chamar o marido para lembrá-la de que já está casada*, pensou Darren. Havia poucas horas, mas estava.

— Você falou de forma grosseira comigo no bar. Também aprendeu esse cinismo em Stanford? — retrucou Emily.

A expressão confusa estampada no rosto dele não dava margem a interpretações. Todos na conversa conseguiam sentir a tensão entre os dois, e Darren achou melhor afastar Emily.

— Foi muito bom conhecê-lo, Aaron. — Darren assumiu a dianteira. — Acho que nos esbarramos por aí, não é? Cassidy, seu Vera Wang é realmente lindo. Aproveite o casamento.

O amigo a levou para longe. A vontade de Emily era pular no pescoço do tal Aaron e puxar todo o seu cabelo... lindo... cheiroso... e estúpido.

No final, aquilo era o que mais a irritava. Tinha noção da atração que sentia pelo rapaz. Quando pensou nisso, puxou com força a mão que Darren segurava, acertando com o cotovelo o estômago de um garçom.

A bandeja se inclinou como se fosse a Torre de Pisa, só que continuou deslizando e caiu direto na direção da garota. Foi como se tudo acontecesse em câmera lenta. Emily *chegou a ver* o próprio vestido Marchesa todo manchado de vinho e cerveja. Estava certa de que tomaria um banho digno de manchete e de que se machucaria com as taças de vidro.

Só que nada disso aconteceu.

— NÃO! — disse Emily alguns milésimos de segundo antes de ser atingida, e algumas pessoas notaram o minúsculo passo dado por ela.

A ruiva se curvou e tapou os olhos. Quando os abriu, a cachoeira de bebidas desaguava às suas costas e se espalhava pelo carpete. Suspirando, viu os pais olharem-na do outro lado do salão, preocupados. A mãe pegou a bolsa às pressas. Antes que a retirassem do local, um dedo percorreu suas costas ainda secas, e ela escutou:

— Que sortuda...

Não precisou se virar para saber quem era o dono da voz.

Sorte no jogo, azar no amor.

## 5

Tinha sido o pior casamento do século.

Ao menos para Emily, os pais e Darren, pois Aoife não foi vista em lugar algum. Parecia estar tão cega pelo brilho do próprio anel que nem reparou no incidente causado pela amiga.

Tudo aconteceu muito rápido. A discussão, a saída dela com Darren, seu impulso de confrontar o americano e o trágico evento com a bandeja. A noiva quase passou mal com todo o escândalo, que supostamente abafaria seu brilho. Era curioso reviver o incidente do banho de bebida. Como tinha saído quase sem uma gota no vestido? Aquela habilidade de escapar de situações arriscadas com tanta facilidade às vezes não lhe parecia normal. Mas também não tinha passado impune. No mesmo momento em que o noivo fora consolar Cassidy, Darren arrastou Emily para fora do salão e os pais a abraçaram, tentando tirá-la de lá. Fotógrafos vieram em seguida e o americano acompanhou tudo de perto, ainda com o sorriso debochado no rosto. Ela notou que ele os seguira. Muda, não conseguiu reagir àquilo. Sempre tivera mais altos do que baixos, mas agora tudo estava mudando. Estava mais intenso. Os pais tinham até ficado calados no caminho de casa, o que era um tanto bizarro. Queria voltar no tempo para antes da festa de St. Patrick. Não entendia bem o que podia ter acontecido naquele dia, sabia apenas que sua sorte de alguma forma havia mudado. Talvez isso tivesse relação com sua vitória na mesa de pôquer. Talvez, se não tivesse ganhado, nem tivesse sido agarrada pelo barbicha.

Enganava-se com essa teoria mesmo desejando sonhar com a possibilidade de a vida voltar ao normal.

O passar das semanas conseguiu apaziguar os últimos acontecimentos na mente de Emily. O caso da bandeja virou manchete de alguns jornais, mas acabou tendo uma repercussão positiva. Cassidy adorou sair nas notas comentando que Emily era uma grande amiga e que entendia a situação: "Foi um pequeno descuido e nada demais". A ruiva precisava lembrar-se de agradecer em algum momento.

Por um tempo, Emily sentiu raiva de Aoife por não apoiá-la quando mais precisava. No dia seguinte, a amiga nem sequer perguntara como ela estava, e aquilo, para a herdeira da O'C, era imperdoável. O fato de Aoife estar vivendo seu conto de fadas não justificava a falta de companheirismo.

Darren passava por uma época de provas na Trinity College, então não estavam se vendo com frequência. O celular acabara preenchendo o espaço vago de comunicação entre eles: era o meio pelo qual trocavam mensagens de texto, vídeos e fotos, e de alguma forma isso os deixava ainda mais unidos.

O retorno a uma rotina normal só estava diferente em uma questão: os pais não eram mais os mesmos. Antes sempre sorridentes, agora bastante preocupados com o trabalho e a limpeza da casa. O fato de não terem discutido a situação no casamento também dizia muito. Antes, teriam rido e agradecido a St. Patrick por tê-la salvado do banho da humilhação. Por um tempo, Emily remoeu em sua mente a possibilidade de ter envergonhado a família, mas acabou deixando para lá. Talvez os pais só estivessem preocupados com algum fechamento de caixa ou com a próxima coleção. Ela andava tão focada nos próprios problemas que mal se lembrava de averiguar a nova linha de sua futura empresa, que, apesar de não querer assumir por completo, seria sempre dela.

Tudo indicava que a maré de azar tinha passado, e Emily até deixara de pensar tanto no americano. No final, ela acabou responsabilizando Aaron por tudo, e ficou intrigada porque ele não a havia procurado nas redes sociais.

— Provavelmente esse Aaron fisgou seu coração e você nem percebeu — disse Darren, achando graça quando ela mandou uma mensagem de voz sobre isso.

— Para de falar bobagem! — resmungou Emily. — Ele me perseguiu a noite inteira e depois nem enviou um pedido de desculpas! — argumentou.

Os dias passaram, e provavelmente Aaron já estava de volta aos Estados Unidos e nunca mais se veriam. Só precisava se lembrar de que isso não era um fato lamentável.

Decidiu parar de reviver o passado e focar no futuro. Logo chegaria a Páscoa, o que significava que haveria um feriado prolongado e ela e Darren ficariam livres dos estudos. Estavam combinando com alguns conhecidos de viajar para Londres e aproveitar as casas noturnas por um fim de semana insano. Não via a hora de dançar na cabine do DJ, virar shots de tequila e conferir se finalmente o príncipe Harry lhe daria uma chance.

Aproveitou a noite calma para sentir a brisa gelada ao caminhar pelas ruas de pedras cinzentas do bairro de Temple Bar. Gostava de observar os prédios baixos de tijolos marrons e as fachadas antigas preservadas. Podia ouvir a mistura de música irlandesa típica vinda de algum pub com o rock também tradicional da região. A atmosfera bucólica, os jovens animados e o clima sempre festivo faziam-na se sentir viva.

Esperou pelo amigo em um de seus lugares preferidos. Emily era uma patricinha descolada: os colegas se matavam por entradas em festas exclusivas e reservas em restaurantes caros, mas, além de tudo isso, ela também frequentava os bares famosos para turistas de Dublin. Um deles era o The Porterhouse Brewing Co, conhecido pela cerveja irlandesa artesanal. Dublin sempre foi reverenciada como uma das capitais mundiais da bebida. A fábrica incrivelmente reconhecida da Guinness ficava na cidade, mas as cervejas artesanais eram as preferidas de Emily. Ela gostava do pub por ser característico da Irlanda, embora ele também fosse um pouco cosmopolita, com filiais em outros pontos do mundo, como Londres e Nova York. A sensação de saborear uma bebida daquelas ao mesmo tempo que outra pessoa do outro lado do mundo era incrível. Prezava pela cultura local, mas sentia-se globalizada.

Aproveitou os quatro andares do pub para escolher um lugar reservado e curtir as bandas da noite. Ali eram produzidos dez tipos de cervejas diferentes, cada uma com seu próprio estilo, além de uma sazonal que quase fazia parte da carta de cervejas permanentes. Emily sempre recomendava a amostra de três tipos para os novatos, porque parecia mais sensato. Contudo, sozinha naquela noite até Darren chegar, foi direto para a sua preferida: a An Brain Blásta. O aroma marcante de lúpulo e o paladar inigualável quase disfarçavam o alto teor alcoólico da bebida: sete por cento por volume. Além do sabor nada forte, a An Brain também não chegava a ser tão encorpada como outras cervejas de mesma graduação alcoólica. Segurando a garrafa com rótulo alaranjado e batendo os pés ao ritmo da música, Emily curtia o momento, enquanto esperava o amigo.

— De quem é a sorte deste encontro agora? Minha ou sua? — perguntou de repente a voz conhecida de um rapaz, que se sentou à frente dela em uma mesa lateral, quase escondida entre as paredes de madeira clara.

Para a surpresa de Emily, era o americano.

O cabelo jogado de sempre, o sorriso misterioso, a presença gélida e arrepiante. Por que ele estava no mesmo bar que ela? Não havia divulgado em nenhuma rede social que estaria ali. Seria obra do *acaso*? De todos os bares de Dublin, por que *aquele*? Condenava-se de todas as maneiras possíveis pela própria escolha. Mal escutava as batidas ritmadas da música que continuava ao fundo.

— O que você quer, Aaron?

O rapaz riu.

— Achei melhor lhe fazer companhia enquanto você espera a sua trupe — disse no tom cínico característico. — Para te ajudar a evitar as paqueras...

Emily suspirou.

— Eu também assisti a *Perfume de mulher*, Aaron! E você não é o Al Pacino!

— É verdade! Eu sou muito mais jovem do que ele...

— E *bem* menos charmoso.

Ele bebeu um gole de cerveja, ignorando o comentário.

— É bom saber que você costuma reparar no charme dos homens americanos.

Ela *odiava* aquele jeito confiante em excesso, presunçoso e cheio de si. Odiava as frases prontas. Odiava tudo naquele garoto...

*Odiava mesmo?*

— Você poderia ir embora? Estou esperando uma pessoa...

— Quem? Seu amigo gay? — perguntou Aaron de imediato. — Ele vai *adorar* me ver aqui...

Odiava *sim*.

— Além disso, não é bonito deixar uma mulher sozinha em uma mesa de bar — concluiu.

— E é bonito envergonhá-la na frente dos amigos?

Ele cruzou os dedos na mesa e ficou encarando-a de forma inquietante.

— Você realmente não resiste a mim, não é?

Indignada, Emily lamentava tê-lo encontrado. Aquela quase poderia ser uma frase dela. *Ela* era o ícone de desejo dos homens da cidade.

— Por Patrick, como você é arrogante!

— Dizem o mesmo de você.

Um garçom conhecido passou e Emily fez sinal, pedindo outra bebida. Aaron acompanhou, mostrando sua caneca. Ela não entendia por que ele insistia naquela conversa. Estava indecisa entre enviar uma mensagem para Darren ou se levantar da mesa.

— Até agora você não me perguntou sobre o Brady, não é?

*Mais uma vez essa história*, ela pensou.

— Sabe o que você parece? Um disco velho e arranhado. Qual o seu problema? — retrucou Emily. — Eu fiquei *sim* com um garoto naquela festa e, quando me dei conta de onde estava, resolvi sair. Já fiz isso diversas vezes. Não estou entendendo sua fixação. Nem sei como você ficou sabendo disso.

O rapaz riu.

— Seu país é pequeno, e os círculos sociais dele são menores ainda. Não é todo dia que se ouve o rumor de que uma socialite anda fazendo magia negra em banheiros de festas privadas.

Emily quase engasgou com a cerveja.

— É isso que estão falando agora? Quer dizer que o meu encontro com esse tal de Brady virou magia negra? Por quê? As pessoas não têm mais o que inventar sobre mim...

A garota sentia-se estranha em falar sobre aquilo com um desconhecido. Não podia ignorar que algo muito esquisito tinha realmente acontecido na noite da festa de St. Patrick.

*Mas dizer que foi magia é ir longe demais*, pensou.

— Pelos rumores que ouvi, ele garante que você o enfeitiçou. Fiquei intrigado.

Para aliviar o clima, ela resolveu rir e voltar a ser a Emily de sempre.

— Eu enfeitiço e intrigo as pessoas desde que nasci, querido!

Uma mecha de cabelo de Aaron escorregou para os olhos acinzentados e ele a retirou da frente. Ela cerrou os punhos, observando a cena. Se ele não fosse tão insuportável, teria pulado no seu colo.

— Você precisou usar esse seu *poder* com todos? — perguntou ele.

Emily se questionou sobre *quanto* ele estava alterado para dizer aquilo a sério. Ele estava falando de seu poder de atração, certo? *Sex appeal?* Precisava mudar de assunto. E desviar-se daquele olhar. Principalmente, desviar-se daquele olhar.

— Por que veio para Dublin? — indagou ela.

— Eu recebi um chamado.

*Putz, religioso.*

Mais de oitenta por cento dos irlandeses eram católicos, e muitos turistas procuravam o país por motivações religiosas. O catolicismo havia sido introduzido na Irlanda por St. Patrick, que era um missionário britânico. O trevo de três folhas espalhado pela cidade, e que a garota sempre carregava como símbolo em seu anel, se tornou um ícone no país ao ser utilizado pelo padroeiro para explicar a Santíssima Trindade. Emily não entrava nesse tipo de discussão, mas, por outro lado, admirava a cultura celta. Todos que a conheciam e viam o anel que ganhara no aniversário de quinze anos pensavam que era devota. Na verdade, os pais tinham lhe dado de presente como um sinal de boa sorte.

— Adoraria que recebesse outro chamado para longe de mim.

— Não sentiria saudades?

Sentiria, mas jamais admitiria. Desejava a partida dele, mas temia nunca mais ouvir sua voz irônica e suas frases prepotentes. O que estava acontecendo com ela? Aquilo sim parecia algum tipo de magia negra mandada por invejosos.

— Eu sabia que sentiria — confirmou ele.

As novas bebidas chegaram e Emily sugou o conteúdo da garrafa como se fosse água. Não via sinal de Darren (para variar) e não sabia mais como continuar a conversa. Aaron não deixava a mesa.

E ele sabia *todas* as formas de cutucá-la.

— Você me cansa... — respondeu ela, avistando um loiro bonito de blazer preto na mesa ao lado.

— Ele é bem-apessoado — comentou Aaron, observando o mesmo estranho. — Corte de cabelo meio tradicional e certinho demais, o que diz muito sobre sua personalidade, mas, que diabos, sua ideia não é casar com ele, não é verdade?

Sentia vontade de xingá-lo. A todo o momento. Que horas deveriam ser? Darren já devia ter chegado! Já não estava mais no horário da novela mexicana.

Emily pensava em como se distrair em meio àquela batalha interna de sentimentos. Vendo o loiro retribuir seu olhar, ela fez sinal com a cabeça para ele se aproximar. Aaron permaneceu com as mãos em cima da mesa, apenas observando.

O loiro grandalhão chegou acanhado pela presença de outro homem na mesa, porém não perderia uma oportunidade com Emily

O'Connell. Na verdade, ele a conhecia dos jornais e a seguia em uma de suas redes sociais apenas para acompanhar as fotos mais sensuais ou de biquíni. Vê-la no Porterhouse já tinha sido um choque. Receber um convite para se aproximar fora um choque ainda maior.

— Estou atrapalhando vocês? — perguntou o loiro, olhando para Aaron.

Aaron prendeu lentamente o cabelo para trás com um elástico preto e fez um gesto para o recém-chegado ir em frente.

— Qual o seu nome? — questionou Emily, tentando ignorar Aaron e o fato de ele ter ficado ainda mais gato com o cabelo preso.

— Matt — respondeu o loiro com timidez. Ainda não parecia confortável em conversar com uma garota acompanhada. Não sabia se Emily tinha irmãos, e ela sempre postava fotos apenas com um magricela despenteado.

A ruiva sorriu, dando uma leve mordida no lábio inferior, e, olhando para Aaron, disse:

— Acho que tem algo no seu queixo, Matt. Deixe-me ver...

Entendendo a deixa, o rapaz se inclinou ao mesmo tempo que ela levantou o quadril. Por dois longos minutos trocaram um acalorado beijo de língua na frente do americano. Emily notou que os amigos de Matt fotografavam tudo, mas não se importou. O alvo daquela cena era outro.

Ao terminar o beijo, afastou-se bruscamente do jovem.

— Você é um amorzinho, Matt.

Virou-se novamente para Aaron e deu o último gole em sua cerveja, exibindo um sorriso sarcástico. Matt, sem saber o que fazer, foi se reunir com os amigos, comemorando em êxtase e aproveitando o gosto de cerveja dos lábios da socialite mais famosa de Dublin.

— Estou ficando com fome — foi o que disse Aaron, sem mostrar reação.

Emily estava perplexa. Se ele sentia alguma coisa, mesmo que inexplicável, por ela, aquela era a hora de demonstrar. E ele apenas falava sobre comer!

— Tem um Leo Burdock aqui por perto — comentou ele. — Vamos caminhar até lá?

Ele a havia visto trocar um beijo ofegante com um completo estranho e sugeria um jantar de peixe com batatas fritas. Era sério? Desacostumada com aquilo, Emily só conseguiu dizer:

— Estou esperando meu amigo.

Aaron se levantou da cabine e esticou a mão para ela.

— Aquele da festa, né? Encontrei-o na porta mais cedo e informei que você está por minha conta esta noite.

Ela se deixou levantar por ele, atônita. Achou o gesto até cavalheiresco.

— Como assim? — perguntou, aturdida. — Darren não me largaria aqui com você!

Rindo, ele deixou uma boa gorjeta para o garçom e retrucou:

— Você acha *mesmo* que Darren não a largaria comigo?

Aquela era uma boa pergunta. Talvez o amigo *fosse* capaz de algo assim. Darren sabia ser protetor, mas não tinha visto a briga dos dois no casamento. Vira apenas um rapaz bonito e estiloso, atrasado para um compromisso e interessado nela. Por perceber uma semelhança entre os dois, talvez a tivesse deixado sozinha com Aaron para ver se ele a conquistava. Ou talvez simplesmente achasse essa uma boa maneira de Emily esclarecer as coisas com o americano, além de lidar com a atração que ainda não assumira sentir por ele.

— Depois ele vai se ver comigo — afirmou ela.

Dizendo isso, pela primeira vez deu um verdadeiro sorriso para o rapaz.

Ele retribuiu.

# 6

As luzes da madrugada se refletiam nas pupilas dela, deixando-a ainda mais bonita. Enquanto andavam pelas ruas de braços dados, parecendo íntimos, Emily se sentia estranha com tudo aquilo. Durante a caminhada até o restaurante, não trocaram muitas palavras. O ruído das pessoas bêbadas parecia convidativo.

Em pouco tempo estavam diante de um lugar famoso por receber celebridades internacionais. Era um pequeno restaurante, quase uma lanchonete, com cem anos de existência. Seu prato principal era o tradicional *fish and chips*, pedaços de peixe fritos acompanhados por grossas batatas fritas. O local sempre oferecia molho tártaro ou vinagre para dar um toque especial, e os clientes se empanturravam, saindo com os dedos gordurosos. O incrível era que uma porção bem servida custava menos de dez euros e, mesmo tão barata, atraía personalidades como Sandra Bullock, os músicos do U2, Jackie Chan, Enya e os membros do Metallica, que tinham seus nomes impressos na lista de clientes famosos do lugar. Emily sempre ria daquele mural de clientes famosos, principalmente por citarem nele "os pais de Justin Timberlake". Sendo uma figura local, seu nome não estava na parede, mas sempre havia fotógrafos querendo uma imagem de Emily na entrada. Uma vez posara com um senhor vestido de viking que entregava panfletos do restaurante e por isso Emily tinha fotos espalhadas pela web usando o chapéu com chifres da fantasia medieval. Naquela noite, o simpático homem não estava lá.

Eles entraram no estabelecimento de fachada verde-musgo e esperaram no balcão de vidro pela vez de serem atendidos. Os dois notaram o pote para gorjeta com o aviso: "Fundos para calar Justin Bieber", mas só Aaron riu do humor negro. Emily achava Justin fofo até com as diversas novas tatuagens e amava todas as suas músicas. Mas ela tampouco se importou com a piada. O peixe ali era tão bom que não via a hora de sentir os pedaços derreterem na boca, enquanto tentava desvendar os mistérios do homem ao seu lado.

Sentaram-se em uma das poucas mesas de madeira do ambiente. A casa era pequena para o tamanho da sua fama, e alguns clientes comiam sentados nos degraus de uma praça próxima. Algo que Emily jamais faria.

— Pensei que fosse relutar mais em me acompanhar — comentou Aaron.

Emily riu.

— Relutar parece não funcionar com você. Estou tentando descobrir outro método de irritá-lo.

Foi a vez dele de sorrir.

— Menina, você não sabe mesmo o *poder* que há dentro de você, não é?

Outra vez aquele papo estranho.

— Curioso você gostar tanto dessa palavra. Poder. Quem ouve pensa que você já conhece minhas habilidades...

Aproveitando a proximidade dos lugares em que estavam sentados, ela jogou o peso do corpo para mais perto dele. Aaron notou a redução do espaço entre os dois.

— Não me referia a *esse* tipo de poder.

A frase ríspida desceu queimando pela garganta de Emily. Era plena madrugada, e ela estava comendo com um rapaz capaz de enlouquecê-la das maneiras mais imprevisíveis, que sabia elogiá-la como ninguém e que ao mesmo tempo ainda a esnobava.

— Não ficou *mesmo* com ciúmes do Matt? — arriscou.

— De quem? — retrucou ele, distraído.

Emily sentiu vontade de ligar para Darren e falar palavras de baixo nível por tê-la abandonado nas mãos de um idiota. Tinha se humilhado diante dele. Queria voltar para casa, mesmo que isso significasse não degustar seu delicioso peixe.

— Te aborreci com alguma coisa? — questionou Aaron, notando a expressão séria no rosto dela.

Emily apenas deu de ombros.

— Você é muito especial, Emily O'Connell. Apenas não sabe disso ainda.

— É claro que eu sei! O que eu não sei ainda é o que *você* tem de especial para eu continuar aqui!

Em um momento queria matá-lo, no outro queria beijá-lo. Como aquilo era possível?

— Você se sente especial comigo.

— *Especial* é a última coisa que eu me sinto com você!

— E talvez por isso a nossa relação seja tão *especial*.

Ela. Tinha. Vontade. De. Gritar.

— Não entendo você. Você não me conhece. De onde tirou essa visão sobre mim?

— Algumas pessoas são mais fáceis de ler do que outras...

— E eu sou uma pessoa fácil de ler?

— Em qualquer tipo de revista.

Essa doeu.

O prato chegou enquanto Emily ainda digeria a resposta, e ela começou a beliscar seu pedido. Já não era mais a mesma garota confiante. Qual era o problema? Aaron não podia ter despertado sozinho tantos sentimentos contraditórios.

— Essa é praticamente a segunda noite em que nos encontramos e não sei nada sobre você — observou ela. — Só sei que é de São Francisco, um pouco parecido demais comigo e, por alguma razão, gosta de puxar papos estranhos.

Aaron a olhou profundamente e deu mais uma garfada em suas batatas. Não era nada fácil lê-lo.

— Algumas pessoas ainda não estão preparadas para seus destinos.

— Ok, senhor 'eu-falo-coisas-estranhas'! — explodiu Emily. — Desisto!

— Não desista, Emys. Espero compartilhar tudo contigo em breve.

*Emys?* Ele havia *mesmo* criado um apelido para ela? Eles mal se conheciam.

— Eu e alguns amigos vamos para Londres no próximo final de semana — comentou a garota, tentando puxar um assunto mais lógico. — Não sei se o seu visto acaba antes ou quais são os seus planos, mas... quer saber? Deixa pra lá...

— Você gostaria que eu fosse? — perguntou ele, um tanto surpreso.

— Não! — respondeu Emily de imediato, sem pensar no que estava dizendo.

— *Não* gostaria que eu fosse? — Ela o ignorou e voltou a comer o peixe com batatas. — Você não respondeu... — insistiu ele.

— Ao contrário de você, eu não sou rude de propósito.

— Eu adoraria ir com você.

— A proposta já expirou — afirmou ela, sem encará-lo.

— Ah, então havia uma proposta?

Ela fechou os olhos, querendo dar com a testa no meio das batatas.

— Olha só: eu vou te explicar uma coisa — disse Emily, metendo o dedo na cara dele. — Primeiro: você não viajaria só comigo, mas com todos os meus amigos. Segundo, eu *não* convidei você. Eu apenas *comentei sobre a viagem* e é você que está se convidando, entendeu?

Aaron permaneceu olhando para ela com uma expressão satisfeita, como se houvesse *gostado* daquela reação.

— Ótimo! Então vamos para Londres.

Os dois sorriram, rindo do absurdo. O resto da noite transcorreu sem mais adversidades. Aaron terminou a refeição falando pouco, e a garota teve receio de dizer algo errado. O resultado foi mais silêncio do que palavras, mas, ainda assim, ela se sentiu bem.

Na saída, Emily decidiu pegar um táxi para casa. Isso levava a um conflito: *como* se despedir? Haviam passado da fase de aperto de mão e talvez um abraço fosse muito pessoal. Imagine um beijo no rosto?

— Então me passe depois os detalhes da nossa viagem — pediu Aaron.

— Que *nossa* viagem?

Pela primeira vez, ele pareceu embaraçado e se viu rendido. Emily *adorou* aquela expressão. *Uma*, ela pensou feliz da vida, *enfim eu ganhei uma*.

— Desculpe — corrigiu ele. — Os detalhes da *sua* viagem, que acho que podem *inspirar* a minha viagem...

— Como eu poderia te passar os detalhes da *minha* viagem? Eu não sei quase *nada* sobre você nem tenho os seus contatos.

Mais um sorriso sarcástico.

— Aaron Locky. Você deve ter me visto nas redes sociais.

Atrevido. Sim, *tinha* procurado pelas redes dele. Não descobrira muitas coisas porque seu perfil era fechado ao público. Passara alguns minutos apenas admirando os olhos dele na foto de perfil, em que aparecia com o cabelo molhado. Ele também não havia feito questão de adicioná-la.

— Pode deixar que vou aceitar o seu convite. Pode fazê-lo.

Ele lia mentes? Seria esse o poder *dele*?

Aaron não esperou muito e parou um táxi na rua, acompanhando-a. Ele a deixou embarcar e chegou a hora do momento esperado. Qual seria o comportamento do rapaz?

Um beijo na testa.

Emily *nunca* imaginou que ganharia um estranho porém carinhoso beijo na testa.

Ele fechou a porta do táxi, deixando-a mais perdida do que no casamento. Agora só restava adicioná-lo.

Cinco minutos depois de convidá-lo pelo aplicativo de celular, ele a tinha aceitado.

Quem era Aaron Locky?

Ela descobriria.

# RELATÓRIO TL          N° 590.687.685.565.741

*Para a excelentíssima Comissão Central*

*Assunto:*
ATUALIZAÇÃO FAMILIAR • *Grupo de destaque* •

Novas informações sobre uma das famílias de destaque da comunidade. Atualização de cadastro para ciência da comissão.

*Localização da vítima:*
Cidade do México – México

*Habilidade familiar:* transformar empreendimentos à beira da falência em companhias lucrativas.

*Histórico:* figura paterna notou o toque na criança e a preparou durante anos, ensinando lições importantes sobre o mercado.

*Idade de reconhecimento e cadastro no sistema TL:* com 12 anos. Cadastro há 63 anos.

*Status:* indivíduo com o toque mais poderoso do mundo.

*Contribuições externas:* mais de um bilhão em investimentos na área de saúde e educação.

*Contribuições internas:* desenvolvimento do manual principal da TL. Contribuição por meio de suas empresas na informatização do grupo.

*Atualização:* o poder está causando revolta popular. Tem chamado a atenção de revistas e da comunidade.

*Ação:* pedido por escrito da TL exigindo explicações.

# 7

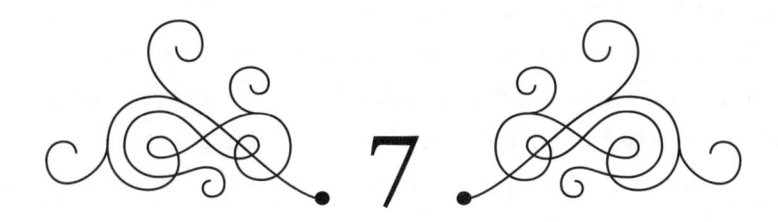

No dia seguinte, Emily acordou com o celular repleto de mensagens em caixa alta. Darren sabia da regra de não acordá-la com uma ligação, mas isso não o impediu de se descontrolar e ligar mesmo assim.

— Conte-me TUDO e não me esconda NADA. — Foi a primeira frase que ele disse ao telefone.

Emily ainda estava sonolenta, mas, aos poucos, foi voltando ao normal. Escutar a voz empolgada de Darren querendo detalhes era como chacoalhar o cérebro. A vontade era de desligar e voltar para a cama mais um pouco.

— Ele vai com a gente pra Londres — respondeu sem muito entusiasmo.

O "não" que Darren soltou no outro lado da linha havia sido tão longo e assustado que era como se aquela fosse a fofoca do ano.

— *Você* convidou o gato pra ir com a gente? — espantou-se o amigo.

— Não! — respondeu ela de imediato, acordando e percebendo o que tinha dito. — Eu comentei sobre a nossa viagem e ele *se convidou*!

Darren não se convenceu.

— E você não pensou em dizer não?

— Londres é uma cidade turística, Darren! — disfarçou. — Eu não posso impedir uma pessoa de ir pra lá...

Darren riu. *Esse cara vai bagunçar o mundo dela*, pensou.

— Então ele vai *mesmo* para Londres? Que babado! Já estão assim? Será que você vai finalmente sossegar o corpinho enxuto?

Ela não acreditou no que ouviu. O amigo sempre quis arranjar um namorado *fixo* para ela. Achava que uma rainha precisava de um rei. Não aprovava metade dos rapazes com quem a garota saía e ainda impedia qualquer perdedor de chegar perto dela. Os desconhecidos acabavam se dando bem, mas só depois do sexto shot de bebida.

— Olha quem fala! — exclamou ela. — Você fisga todos os gays e bissexuais dessa ilha e quer falar de mim? Já vi você atracado com mais héteros do que muitas mulheres, ok?

Darren gargalhou do outro lado da linha. Emily checou o horário e percebeu que estava atrasada para a aula.

— Antes que você crie uma novela e invente todo um grande amor, preciso avisar: ele é realmente maluco e nada de mais aconteceu. Recebi apenas um beijo na testa.

A gargalhada foi interrompida no meio e sobrou o silêncio do outro lado da linha. Emily conferiu o celular para saber se a ligação não tinha caído.

— Tá falando sério? — questionou Darren, sem acreditar.

— Nunca falei mais sério.

Emily relatou todo o encontro e as conversas sem nexo do americano. Darren apenas soltava interjeições e alguns palavrões. Quando ela terminou a descrição da noite, ele estava chocado. Tinha deixado a amiga sozinha com um completo louco e agora seria obrigado a viajar com o cara.

— Por que o convidou pra nossa farra, amore? Tanto homem neste mundo. Tantos britânicos gatos e corteses para você se esfregar na balada! Foi logo se encantar pelo lunático?

— Eu já disse que *não* convidei! — insistiu.

— E eu já deixei claro que não engoli essa.

Ela se revoltou.

— Isso tudo é culpa sua! Você me deixou sozinha no casamento e ontem no bar. Agora *eu* sou culpada porque o perfume dele não sai da minha cabeça e por ter ficado até as seis da manhã olhando as fotos dele na internet?

Por que foi dizer aquilo? No minuto seguinte, Darren comunicou que ela nem precisava se incomodar em ir para a universidade, porque ele mataria as aulas seguintes para estar na casa dela o quanto antes. Queria conferir os momentos íntimos do rapaz publicados na internet.

*Maluco*, pensou. Ela gostava de ter um amigo sempre empolgado com a sua vida. Ainda mais com a parte amorosa. E Emily não fazia ideia de que Darren tinha razão.

Aquele garoto já estava bagunçando o mundo dela.

Ficaram horas analisando cada foto do perfil de Aaron, enquanto comiam sorvete de cookies e bebiam litros de refrigerante diet.

Algumas das descobertas: o rapaz era solteiro, tinha vinte e cinco anos, não parecia nem um pouco gay — para a tristeza de Darren — e adorava viajar e falar sobre esoterismo.

Ostentava imagens de jatos particulares, lanchas em locais paradisíacos, roupas caras exclusivas, relógios Rolex e até uma piscina em seu suposto quarto em São Francisco. Ao ver a foto, Emily conseguiu se imaginar nadando sem roupa ali. Sentiu um frio na barriga ao pensar nisso. Era curioso que o último lugar que ele visitara, antes da Irlanda, havia sido justamente... Londres. Em algumas das últimas fotos ele estava acompanhado de um rapaz de cabelo arrepiado quase platinado e olhos verdes intensos.

*Então ele tinha amigos lá.*

Não entendia por quê, mas ficou um bom tempo olhando para a foto. Os dois pareciam felizes.

Notou também postagens que revelavam outros interesses: frases sobre almas gêmeas, criaturas mágicas e poderes secretos. Ficou um pouco aliviada por entender de onde vinham suas estranhezas. Ao menos ali ele já lhe parecia apenas um fã de esoterismo, não um católico fervoroso. Para ela isso era ótimo. A última vez que havia visitado um local sagrado foi quando invadira a igreja de St. Patrick, não a fim de rezar, mas de utilizar o jardim para uma espécie de luau com amigos, e não se sentia culpada. Ninguém tinha culpa de aquele ser um espaço tão perfeito.

— Então vai *mesmo* tentar agarrar o gostosão? – perguntou Darren, antes de colocar mais uma colherada de sorvete na boca.

Emily ficou pensativa, olhando a última foto postada por Aaron em Londres.

— Eu *tenho* que agarrar – respondeu, compenetrada.

No mesmo instante, Claire entrou no quarto.

— Vai agarrar *o quê?* – quis saber sua mãe.

A ruiva engasgou e viu Darren se sujar com o sorvete por causa do susto. Emily não pretendia de maneira alguma compartilhar com os pais seu interesse pelo rapaz que iniciou toda a confusão no casamento. Não queria piorar o clima estranho que pairava sobre a casa. Claire, antes sempre empenhada na empresa, passava horas na varanda da mansão, se ocupando no quintal de flores bem-cuidadas. Certos dias, Emily passava por ela e a mãe mal percebia. O pai estava sempre nervoso em longas ligações telefônicas, quando não ficava horas conectado à internet. Aquilo era estranho. Antes ele quase não ligava o computador em casa e, quando se conectava, chamava o aparelho de "monstrengo". Nos últimos dias não largava dele. Ela discernia algumas palavras entre os murmúrios constantes dos dois, como "sorte", "O'C", "Emily" e "ouro". Não conseguia pensar em associações lógicas, então inventava. Talvez a sorte dela pudesse trazer mais dinheiro para a empresa. Só que os pais também sempre foram sortudos: ganhavam leilões, eram proprietários de uma empresa bem-sucedida cujas ações viviam disparando, seus cavalos ganhavam corridas e a mãe sempre recebia prêmios por seus designs.

— Não vou agarrar nada, mãe. Estamos apenas planejando nossa viagem do feriado de Páscoa.

A mãe desconfiou. Devolveu um brinco de diamantes para o porta-joias da filha.

— Você vai viajar? – perguntou preocupada.

— Mãe, é um fim de semana prolongado. Claro que vou viajar! E vou só para Londres, não precisa se preocupar.

Claire andava de um lado para o outro, parecendo perdida. Murmurava algumas coisas incompreensíveis enquanto alisava o colo e os braços, como se sentisse uma coceira.

— Nós precisamos de você aqui, Emily.

Aquela era uma *novidade*. Os pais nunca tinham precisado da presença dela para nada nem exigiam detalhes de sua vida social. E, de repente, pretendiam estragar seu final de semana com Aaron? O que estava acontecendo?

— Já temos tudo organizado e não posso cancelar agora. Por que querem que eu fique?

Sem responder, Claire se retirou, andando rapidamente pelo corredor. Provavelmente conversaria com o marido, ainda enfurnado no escritório. Era uma quarta-feira à tarde e os dois nem tinham saído de casa. Uma atitude inaceitável para os donos de um dos maiores patrimônios da Irlanda.

— O que deu na sua mãe? — perguntou Darren, voltando a mergulhar no pote da guloseima.

— Deve estar chegando na menopausa, só pode...

Ela tentou prestar atenção na tela, mas a mente voltava a pensar no desespero inesperado da mãe.

Alguma coisa estava errada.

Horas se passaram e já era possível ver o brilho mágico da noite de Dublin. A cor dourada das luzes iluminava as ruas à beira do rio Liffey. O reflexo azul neon gravado na superfície das águas pelos prédios ao redor contrastava com o céu escuro com poucas nuvens cinza, que pintavam a maior tela do mundo. Mesmo de longe, qualquer pessoa se encantaria com a estrutura em formato de harpa da ponte Samuel Beckett. Com trinta e um cabos brancos, seu desenho era uma bela representação de um dos símbolos mais fortes de toda a Irlanda, e seu nome, uma homenagem ao escritor daquela terra que havia ganhado o Nobel de literatura. Tudo naquela imagem era inspirador. Apoiada no parapeito da ponte, Emily observava os carros e as pessoas passarem nas seis pistas à sua frente.

A jovem segurava o celular e intercalava o olhar, bisbilhotando a página da rede social que se encontrava aberta. O nome Aaron Locky estava em destaque na lateral esquerda, junto da foto de perfil.

Na parte de baixo da tela, havia uma mensagem privada com os detalhes da viagem, e ela se segurava para não clicar no botão de enviar, como havia prometido a ele que faria.

Emily ficara confusa com a atitude da mãe em relação a sua viagem, é verdade, e também não gostara da forma como Darren reagiu diante da notícia de que o americano iria acompanhá-los. No entanto, precisava conhecer Aaron melhor e estava curiosa para saber mais sobre as ideias estranhas que o rapaz vivia repetindo.

Levantando o olhar mais uma vez, viu um casal de velhinhos se aproximar. Eles andavam a passos miúdos, como se quisessem aproveitar cada segundo daquela caminhada.

Achou tocante ver um casal idoso visivelmente apaixonado aproveitando aquela noite. Era como se o ar fosse mais limpo perto do rio. As luzes pareciam mais intensas apesar da escuridão da noite e passavam a impressão de que o mundo era um pouco mais silencioso, mesmo com o trânsito intenso.

Dublin nunca era calada, porém, observando aqueles dois, a cidade ficou mais calma.

*Por que minha mente não pode ser sempre assim?*, pensou, enquanto sentia uma onda de serenidade lhe invadir o corpo.

Quando a senhora estava quase passando por ela, seus olhares se cruzaram. A mulher notou Emily olhando para a tela com a foto de Aaron e sorriu.

Houve uma brevíssima pausa.

— Agarre-o enquanto pode, meu anjo! Ele é tão lindo quanto este aqui! — sussurrou a mulher de cabelos brancos encaracolados ao passar ao seu lado, deixando Emily muito surpresa.

Ela não reagiu ao comentário, mas percebeu o sorriso dos dois.

Seria um sinal do universo? Mais um indício?

A ida à área de Docklands a princípio havia sido despretensiosa, com a única intenção de arejar um pouco a cabeça. Contudo, a energia positiva da paisagem de sua cidade e aquelas palavras bondosas lhe concederam a coragem necessária para apertar o botão e enviar as instruções de viagem para Aaron.

Sairiam em poucos dias e ela já começava a contar os segundos. Aquilo era loucura!

Ficaria um final de semana todo ao lado de um completo desconhecido que parecia capaz de lê-la em dois segundos. Não conseguia imaginar no que resultaria a experiência.

Caminhava até o final da ponte, onde pegaria um táxi para casa, quando seu celular vibrou.

    Nos vemos em breve. Londres será nossa.

Lendo as poucas palavras, Emily sentiu algo estranho. Um misto de ansiedade, medo e paixão.

Uma combinação de sentimentos explosiva.

Antes de entrar no táxi, deu uma última olhada para a lua e sorriu.

Eles se veriam em breve.

# 8

— Mas é muito enrolada! — exclamou Darren no andar de baixo da mansão dos O'Connell.

Para o azar dele, o corredor propagava eco e Emily escutou o desabafo mal-humorado pela porta aberta do quarto. Terminou de fechar a mala Louis Vuitton e deu uma última olhada no próprio visual antes de esconder o rosto em mais um de seus óculos gigantescos. Com o cabelo preso em um rabo de cavalo alto e puxado, sua aparência lembrava ainda mais a de uma supermodelo. Vestia um sobretudo branco cinturado e botas pretas quase à altura da barra do casaco, ornando com os óculos para esconder suas feições dos paparazzi. Eles provavelmente estariam em busca de um clique bombástico do início da viagem.

Havia vazado para a imprensa que um pequeno grupo de jovens da classe alta irlandesa passaria os próximos dias na companhia da realeza britânica e de membros da alta sociedade da cidade de Londres. Os repórteres de colunas sociais já acionavam suas fontes em busca de detalhes de um possível final de semana de notícias e escândalos.

Aaron ainda não era um alvo da imprensa e provavelmente teria sua foto divulgada apenas depois da aparição em grupo. Já Emily e Darren eram experientes e previam uma perseguição midiática da casa dela até o aeroporto. Combinaram com o americano de se encontrarem na área de embarque dos jatos. Emily sentiu um calafrio ao pensar que o veria outra vez.

— Você sabe ser bem chato quando quer, viu? — brincou ela entre sorrisos ao encontrar Darren sentado em sua mala Victorinox, que vinha até com GPS para ser localizada.

— Chato vai ser se a Aoife der a louca e nos deixar para trás. Já tem cinco pessoas nos esperando para embarcar — reclamou Darren.

O amigo não parecia feliz, mas entendia que seu comentário havia sido uma brincadeira. Sempre fora mais correto, dono de uma pontualidade britânica, e isso seria levado ainda mais a sério quando o destino era a terra da Rainha.

— Mãe! Pai! Estou indo! — gritou, buscando partir sem delongas.

Desde a última pseudoconversa com a mãe não haviam tocado mais no assunto da viagem. Na verdade, ela mal conseguira ver o rosto dos pais, cada vez mais distantes e esquisitos. Ainda acreditava na teoria de que havia problemas ocultos na empresa e, nos últimos dias, começara a buscar em sites de notícias econômicas possíveis escândalos envolvendo a família, porém nada apareceu. Para sua felicidade, precisariam de um golpe muito grande para acabar com os bilhões deles.

Curiosamente, não havia nenhum sinal dos O'Connell pela casa.

— Gente, é sério! — insistiu Emily. — O pessoal está me esperando e não podem ficar segurando um jato no hangar por muito tempo! Não vão *mesmo* se despedir da única filha?

Contudo, nada parecia chamar a atenção deles. Aquilo estava começando a ficar assustador.

— Amiga, seus velhos estão mesmo aqui? – perguntou Darren. – Não os vi até agora e estamos atrasados.

Mesmo tensa, Emily sorriu.

— Não os chame de velhos! Meu pai ainda ganha de você em qualquer tipo de esporte.

Darren riu.

— Como se isso fosse *muito* difícil! O único esporte que eu pratico é o de mudar os canais, meu amor. Você sabe que os únicos exercícios que faço são yoga e pilates e até eles são de fachada. Seu pai é velho, mas eu sou uma moça.

— Nisso você tem razão, amore! – afirmou ela, também rindo, mas com a mente cheia de conflitos.

Sentia um aperto, como se algo chocante ou ruim fosse acontecer. Em toda a sua vida, poucas vezes havia sentido aquilo, quase como se o peito estivesse apertado em algum de seus corpetes. Era o contrário da sensação de bonança pela qual era conhecida. Quase como um alerta de que a sorte pudesse estar acabando.

*Não senti isso nem quando o barbicha me atacou.*

Ao relembrar esse acontecimento desagradável, ela achou melhor deixar as considerações de lado e ir atrás do mordomo e das empregadas na cozinha.

— Não acredito que tenho que ficar caminhando pela sua casa – reclamou Darren. – Estou com um sapato branco que não foi feito para andar, mas para ser fotografado.

— Você nem usa salto, coisa ruim! – disse a garota. – Para de reclamar e me ajuda a achar os meus pais! Não posso ir pra outro país sem me despedir.

— 'Outro país'! *Humpf*, como é dramática! Londres é como ir na esquina.

*Para eles* realmente era.

Atravessaram a sala de recepção e, passando pelo salão de jantar, encontraram o acesso à cozinha. Com um enorme O'C dourado incrustado na madeira branca, a porta se abria para um espaço que não poderia ser descrito como simples. A cozinha deles era enorme e de muito bom gosto, exibindo maquinários de primeira qualidade, frutas e uma brancura difícil de se atingir. Ali dentro havia mais ação do que em qualquer outro lugar da mansão, pois era onde todos os empregados acabavam se encontrando. Os O'Connell apreciavam a alta gastronomia e uma casa impecável, por isso contavam com três empregadas, duas cozinheiras, dois motoristas, um jardineiro, um piscineiro e um mordomo.

O grupo encarou Emily, surpreso com a presença dela ali. O falatório cessou imediatamente. Eram dez funcionários à disposição da família 24 horas, prontos para atender a qualquer necessidade ou capricho. A garota por alguns instantes imaginou que devia ser dispendioso manter tudo aquilo, mas logo o pensamento se perdeu. O dinheiro era tão farto que a possibilidade de ficarem falidos era nula. Mesmo com os pais agindo daquela forma.

– Podemos ajudá-la, senhorita? Peço perdão se não estava na sala de recepção para atendê-la.

Emily retirou os óculos, que a deixavam com uma aparência um tanto mimada, e respondeu ao mordomo:

– Eoin, querido, há quase quinze anos na família e ainda me chama de senhorita!

Todos congelaram com a cena. Emily não era má pessoa, entretanto sempre fora conhecida por seus rompantes de raiva. Seu humor se alterava de uma hora para outra e ninguém sabia como ela poderia reagir. Os funcionários imaginavam que, se *ela* entrara na cozinha, poderiam estar com problemas.

— Peço desculpas por tê-la chamado de 'senhorita' — disse Eoin, curvando a cabeça na direção dela.

Darren bufou atrás da jovem, cansado das tradições.

— Não se desculpe! Está tudo bem. Meus pais estão aqui? Não os encontro em lugar algum.

— Os patrões acordaram cedo e, logo após o café da manhã, resolveram passear pelo jardim. Desde então não os vi mais — explicou o mordomo.

— Passei por lá e não vi ninguém. Por que temos um jardineiro se ele não está no jardim? — questionou Emily de maneira ríspida.

Sentado à mesa da cozinha, o jardineiro de origem espanhola deu um pulo de susto ao perceber que não estavam livres por completo *daquela* Emily.

— Antunes estava no estoque pegando as novas sementes que a sra. O'Connell encomendou da Holanda. Chegaram ontem, após o expediente dele — explicou Eoin, tentando apaziguar a situação. — Quer que eu o mande procurá-los?

Darren resolveu interferir.

— Sabe o que eu acho? É melhor você estragar essa sua bota maravilhosa e ir ver onde seus pais foram parar. Até parece que eles não sabiam que você ia viajar hoje pela manhã! Estou sentindo uma sabotagem paternal por aqui e olha que nunca vi isso na sua família!

Realmente, para Emily era estranho pensar que os pais se preocupariam em sabotar seus planos. Entregando-se ao desespero, resolveu marchar até a varanda que a levaria aos jardins, onde também ficavam a piscina, a jacuzzi, a quadra poliesportiva, o centro de arco e flecha e o chafariz. Darren se recusou a estragar os sapatos Gucci que tanto amava, e Emily foi sozinha atrás dos pais.

Ao adentrar o extenso jardim, percebeu que seria impossível que eles ouvissem seus berros vindos lá de dentro. A uma boa distância, viu o topo de suas cabeças. Sentados em uma longa cadeira de balanço pendurada por correntes, eles observavam as águas caírem de um chafariz de fada que havia no jardim. A peça de decoração fora presente de uma organização de que seus pais faziam parte, mas nunca mencionavam. Emily achava um tanto estranho ter uma figura mítica jorrando água em seu jardim, porém morava em Dublin e estava imersa em uma cultura repleta de criaturas que vestiam verde e de seres feéricos.

Teve medo de abordar os pais quando se aproximou, fazendo barulho. Eles não se viraram, e Emily achou romântica a cena dos dois juntos. O ruído das águas era triste, mas a forma como se apoiavam um no outro dizia muito.

— Pai? Mãe? — chamou, antes de contorná-los.

— Sente-se, minha filha — disse Padrigan.

— Vocês esqueceram que eu devia ter partido para o aeroporto há meia hora?

— Eu disse que precisávamos de você aqui — respondeu a matriarca.

A vontade de Emily era de gritar para ver se os pais acordavam do transe em que tinham entrado.

— E eu avisei que já estava tudo certo para a viagem e não podia cancelar! Vocês estão me estressando mais do que o Darren, que já me estressa o suficiente antes de viagens!

A mãe ficou em silêncio.

— Eu amo vocês, mas devo dizer que estão bem esquisitos. Nunca os vi assim.

— Nós estamos cuidando do que é nosso... — murmurou o pai.

— Cuidando do jardim? — debochou.

Silêncio.

— Não! — respondeu Claire — De você.

A revelação perfurou o coração de Emily, que sentiu vergonha sem entender exatamente o motivo. Por alguma razão os pais tentavam mantê-la por perto, mesmo agindo de forma distante.

*A terapia de casal pode estar embaralhando os pensamentos deles.*

Amava os pais e em momentos como aquele se lembrava da importância de estar ao lado deles. Deviam estar passando por alguma fase de apego, por isso não queriam liberá-la para sair.

Só que não havia mais como cancelar a viagem. Na verdade, Emily nem mesmo queria desistir do programa. Quando pensava que Aaron poderia estar sozinho ao lado de suas amigas Cara e Fiona, os punhos se fechavam e o mau humor transparecia.

— O que está acontecendo com vocês? — indagou.

Os dois se entreolharam dramaticamente. Pareciam falar por meio da intensidade do olhar. Ela olhou para o relógio e pensou que Darren devia estar impaciente.

*Vamos, pais!*

A agonia era grande, mas precisava saber o que estava acontecendo. Do contrário, não viajaria tranquila.

— Tem muita coisa ocorrendo no mundo, Emily! E a vontade de um pai é proteger sua cria com unhas e dentes. Por isso guardamos alguns segredos.

— Por que a preocupação agora? Já não sou adulta?

— Esse é um dos problemas — continuou Padrigan. — Você cresceu, é verdade, mas crescer e amadurecer são duas coisas distintas. Muita responsabilidade vai cair um dia em seus ombros, e hoje nos perguntamos se a preparamos para isso.

Emily por um momento achou que aquela conversa *não* era sobre negócios e sobre como ela iria um dia substituir os pais no controle da empresa.

— Pessoal, essa conversa precisa realmente acontecer *agora*?

Os pais sabiam que seria difícil impedi-la de viajar. O instinto lhes dizia que muita coisa mudaria naquela viagem; a sorte não parecia mais estar ao lado deles.

– Vamos precisar conversar muito seriamente quando você voltar, então. Como seu pai disse, há fatos muito importantes que você precisa conhecer, e sobre os quais nos arrependemos de não tê-la instruído. Promete se cuidar e se proteger nessa viagem? – pediu a mãe, com os olhos claros cheios d'água.

– Sempre me protejo – disse Emily. *Seja lá o que isso signifique*, pensou.

Um *flashback* do ataque que tinha sofrido na festa de St. Patrick lhe voltou à mente, assim como o que Aaron dissera sobre ela não querer saber o que acontecera com o barbicha.

A mãe olhou para ela como se fosse capaz de ler seus pensamentos.

Os dois beijaram a cabeça da filha e o patriarca disse:

– Que a sorte nunca acabe.

Ela sorriu e se afastou.

A sorte *nunca* podia acabar.

Estava indo para Londres ao lado de um forasteiro misterioso. Como não chamar de sorte a chance que tinha de fazer de Aaron Locky o seu mais novo brinquedo?

## 9

*Flashes. Flashes.* E mais *flashes*.

As câmeras os receberam no aeroporto de Dublin, após o motorista praticamente ter disputado corrida com o carro de um dos blogueiros mais insistentes da cidade. Os dois veículos ficaram lado a lado durante os quase dez quilômetros até o terminal privativo para jatos. Quando Emily e Darren saltaram da limusine, posaram para algumas fotos, mas não falaram com a imprensa sobre o itinerário.

— Só me faltava essa! — exclamou Darren, enquanto empurrava a mala revoltado e tentava ligar para Aoife. — Já estamos uma hora atrasados e ainda somos importunados por essa gente fofoqueira!

Emily quase não o reconheceu.

— 'Essa gente' são os jornalistas para quem você *adora* se exibir. Você sabe que eles nos tratam como se fôssemos celebridades de Hollywood.

O rapaz se adiantou num caminhar um tanto rebolativo, desligando o aparelho que não captava sinal.

— Mas isso é o que nós somos em Dublin, querida! Não sou nenhum Neil Patrick Harris, mas sempre deixo as matérias bem mais *legendárias*.

— Nossa, como você está engraçado hoje! Está afiadíssimo.

— Melhor do que estar uma *bitch*, não?

Emily riu e se fingiu chocada, mas logo se concentrou no grupo de seis pessoas à espera.

Aoife, Cara, Fiona, Sean, Owen e Aaron observavam-nos com expressões de tédio, visivelmente ofendidos com a espera. Entretanto, aquela era Emily O'Connell, por quem sempre valia a pena esperar. Por causa da falta de compaixão dela no jogo, porém, um dos membros do grupo teve a conta congelada e era perseguido por credores. Ainda era difícil para todos acreditar que Owen estava *mesmo* com tantos problemas financeiros, apesar de sua família ter a maior agência publicitária do país. Emily era uma pessoa capaz de alterar vidas para o bem ou para o mal.

— Meu querido clubinho *posh*! – disse ela, utilizando o apelido que dera a seu círculo social. – Sei que devem estar odiando o meu atraso, mas saibam que vamos ter o melhor momento de nossas vidas nesta viagem. Os bons ventos estão do nosso lado! William, Kate e Harry que se preparem!

Todos riram e ergueram as taças de champanhe servidas pela equipe que iria conduzi-los ao jato.

— Peixe, batata frita, chá, comida ruim, clima pior, Mary Fucking Poppins... Isso é Londres, baby! – agitou Owen. – Que os bons ventos nos ajudem a conquistar o que desejamos.

A ruiva percebeu o olhar intenso do rapaz em sua direção. Ele tentava mais uma vez flertar com ela, por isso encarou-o de volta. Adorava provocá-lo. Darren costumava dizer que aquilo era um hobby para ela.

O grupo se dirigiu ao Falcon 900B, que os esperava. Enquanto caminhavam até a aeronave, Emily pôde finalmente falar com Aaron, que antes apenas a encarava de forma um tanto inexpressiva.

— Bravo? — perguntou ela, fazendo charme, pois sabia que o tinha deixado esperando e porque acabara cedendo ao hábito de flertar com Owen.

— Com medo — respondeu o americano.

— Do quê?

— Do mundo novo em que estou me metendo — admitiu ele, e depois acrescentou com alguma ironia: — Eu ouvi você dizer para os *príncipes* se prepararem.

Os dois riram. Emily ficou um pouco aliviada por ele não ligar para o outro garoto, mas se perguntou se um dia Aaron sentiria ciúmes.

— Você ainda não viu o que é festejar ao meu lado — provocou.

— É verdade. Até agora eu só vi você *destruindo* as festas.

Emily não soube o que dizer, desconfortável.

— Ei, não se acanhe — disse ele, percebendo seu incômodo. — Foi uma brincadeira. Você também vai descobrir comigo todo um novo mundo.

Um arrepio percorreu a espinha dela. Ele sabia atingi-la com palavras.

— Para de babar que está feio, amiga — sussurrou Darren, puxando-a para si ao passar por eles. Ainda segurando seu braço, subiu na frente de todos, jogando a echarpe Hermès pelo pescoço.

Ela realmente babava pelo americano. E aquela era uma sensação nova.

---

Já estavam há alguns minutos no ar, e todos se acomodavam no confortável jato. Aproveitariam bem a curta viagem: voar daquela forma era muito melhor do que em aeronaves convencionais, e tinham que agradecer ao pai de Sean pela cortesia.

As poltronas eram largas, confortáveis e de couro bege. O avião tinha uma excelente iluminação interna, espaço para dançar, televisores de alta tecnologia e mesas de madeira maciça onde drinks preparados pelas aeromoças eram servidos.

Cada um dedicava seu tempo às próprias distrações. Darren folheava uma das vinte revistas de moda que trouxera na mala de mão. Apesar de estar em um espaço fechado, continuava com seus óculos escuros Versace. Emily tinha certeza de que era uma maneira discreta de observar o que as outras pessoas faziam, enquanto fingia analisar os modelos de tanquinhos marcados. Aoife só a havia cumprimentado rapidamente e continuava uma conversa animada com Cara e Fiona, na qual mostrava pela milésima vez seu Claddagh. Inveja era uma realidade constante nos olhos das duas amigas, que estavam solteiras havia mais de um ano. Emily nunca estivera em relacionamentos duradouros e não se importava com aquilo da mesma maneira, mas tinha consciência de que as outras jovens da cidade morreriam para estar em um.

Sean mexia no que parecia ser uma pasta cheia de fotos de mulheres seminuas em seu macbook. Enquanto isso, Owen polia o tênis Nike Air de edição limitada, interrompendo para olhar algumas garotas que Sean mostrava. Com todos entretidos, Emily pôde finalmente relaxar e se voltar para Aaron, cuja presença pegara a todos de surpresa. Ela ainda estava pensando na conversa com os pais e, para liberar o peso dos ombros, pediu uma dose de Single Malt. Aaron optou por vodca.

— Vocês precisam ser sempre *tão* nacionalistas? – perguntou Aaron quando receberam as bebidas de uma aeromoça voluptuosa.

— Sério que um americano está me perguntando isso? – brincou a ruiva.

Aaron riu com sarcasmo, jogando o cabelo para o lado, daquele jeito que mexia com ela, e apontou com a cabeça para o copo.

— Você está bebendo uísque irlandês em um voo saído de Dublin!

— Qual o problema?

— Você é jovem demais para pedir uma dose de Single Malt.

— Quer dizer que, além de caçoar do meu pedido, você ainda me chama de criança?

Emily notou Owen espichando o pescoço para tentar ouvir a conversa. Já não bastava Darren, agora tinha que lidar com outro fofoqueiro no grupo.

— Por que está bebendo isso? — insistiu ele.

O humor dela começou a se alterar. Aaron voltara a ser esquisito.

— A Irlanda produz os melhores uísques, e é uma boa bebida para desestressar. Antes eu achava que estava precisando disso. Agora, tenho certeza.

— Situação difícil em casa? — perguntou ele, ignorando a mudança de tom de voz.

*Como ele sabe?*

— Situação difícil em qualquer lugar ultimamente.

Aaron olhou pela janela, observando as nuvens que cortavam a aeronave, pensativo.

— Se as coisas estão assim, então que bom que você está bebendo a 'água da vida'.

Foi a vez dela de rir com o sarcasmo.

— Você não aprova meu uísque, mas sabe o significado do nome.

— Quem não sabe gaélico hoje em dia? — ironizou Aaron.

— Com quem você andava antigamente? Asterix e Obelix?

— Quem me dera! Ao menos a poção mágica deles era muito melhor do que essa.

Emily deu um longo suspiro e disse:

— Maluco...

Os dois ficaram alguns minutos sem falar, o que deixava tudo ainda mais tenso.

Darren às vezes abaixava os óculos para conferir se Emily precisava de ajuda. Ainda calada, ela ouvia Aoife dizer que seu noivo queria encontrá-los em Londres, mas precisava comparecer a uma reunião importante que poderia lhe render dinheiro extra para o casamento. Emily fungou e viu o amigo segurar o riso.

— Ela está empolgada com o noivado, não é? — comentou Aaron, tentando quebrar o gelo.

— Aoife já está quase tendo o segundo filho de tanta empolgação — brincou a ruiva.

Darren riu, entregando-se. Gostava mesmo de ouvir a conversa dos outros.

— É bonito ver alguém amar outra pessoa assim. Confiar cegamente em alguém é uma forma de evolução — filosofou Aaron.

Emily riu.

— De onde você tira essas filosofias bregas?

— Nossa, Emily, como você é romântica... Uma delicadeza de pessoa! — respondeu ele ironicamente, como se estivesse fazendo um comentário banal.

— Foi você que começou a me provocar.

— Eu não te provoquei!

— E precisa?

Outra vez a tensão. Emily se perguntou se havia sido uma boa ideia convidar Aaron para a viagem. Não o conhecia o suficiente para garantir que três dias ao seu lado não seriam demais. E, em pouco tempo, já tinha noção de quanto ele, em intervalos curtos, a deixava alternadamente arrepiada e irritada.

*Será que essa viagem vai ser um fracasso?*

— Não, não vai — disse ele, cortando o silêncio. Emily franziu a sobrancelha. Aaron sabia o que ela estava pensando? — Imagino que deva estar se perguntando se essa viagem vai ser um erro e lhe garanto que não.

— Como pode ter tanta certeza? — perguntou ela com honestidade.

— Porque existem coisas sobre mim que você está louca para saber, assim como existem coisas sobre você que me interessam conhecer. Se nossa química já funciona agora, imagine quando começarmos a desvendar um ao outro.

*Se nossa química já funciona agora*, ela repetiu mentalmente, sentindo as borboletas do estômago se revirarem.

— E se descobrirmos que a química não funciona? — Ela suspirou.

— No mínimo, vai ser mágico — afirmou o americano. — Além do mais, nós sempre teremos o seu uísque...

RELATÓRIO TL          N° 590.687.685.566.000

*Para a excelentíssima Comissão Reguladora*

*Assunto:*

RELATÓRIO DE FAMÍLIAS LOCALIZADAS • *Última atualização* •

Foram identificadas no último mês mais duas famílias, somando-se quatro novos indivíduos a serem monitorados.

Os agentes alertaram em ambos os casos. Uma família não se encontrava estável e foi preciso a intervenção da comissão perseguidora para evitar vazamento de informações.

*Localização das famílias:*

West Corniche Road – Abu Dhabi – Emirados Árabes Unidos
Point Piper – Sidney – Austrália

*Total mundial de famílias localizadas:*
5.745

*Total mundial de indivíduos localizados:*
13.980

*Total mundial de indivíduos cientes:*
7.420

## 10

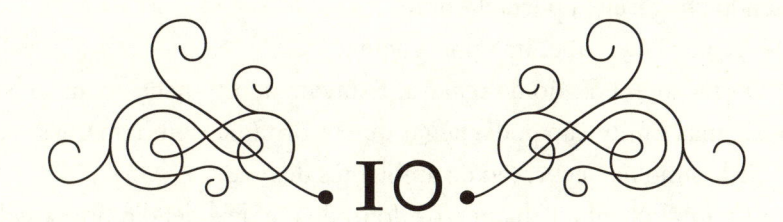

Haviam chegado ao clássico e luxuoso hotel The Ritz, próximo ao palácio da Rainha e localizado no coração de Londres. A fachada imponente do hotel ocupava quase todo o quarteirão, e os arcos do pórtico davam-lhe certo glamour.

Owen e Sean haviam decidido ficar no mesmo quarto, e Aoife, Cara e Fiona dividiriam outro. Darren havia separado um quarto para ele e Emily, e Aaron avisara que preferia ficar sozinho. Todos estavam exaustos por causa da viagem matutina, então decidiram descansar em seus quartos e se encontrar para o jantar. Depois seguiriam para uma festa em um dos clubes mais exclusivos da cidade.

Emily ainda estava em conflito com o carrossel de emoções que sempre surgia com Aaron: até o período em que iriam se afastar, indo cada um para seu quarto, a incomodava.

Quando o elevador parou no andar em que ela e Darren ficariam, o americano soltou de repente que precisava encontrar alguém e apenas acenou com a cabeça antes de as portas se fecharem.

— Nem um beijinho no rosto — comentou Darren, empurrando-a pelo braço. — Que pobreza.

— Não sei o que está acontecendo — admitiu ela, quase surtando, quando chegaram à porta da suíte.

— Se você não sabe, imagine a gente.

O quarto era digno de realeza. Estavam acostumados com sofisticação, mas Emily não podia negar que os britânicos tinham um gosto refinadíssimo na decoração de ambientes de luxo.

O teto alto tinha ornamentos dourados, e dele pendia um pesado lustre de cristal. As paredes desenhadas eram decoradas por pinturas, e peças de antiguidade estavam expostas sobre as mesas. Havia flores por todos os lados, e as estampas do sofá e das poltronas tinham motivos florais. Lareiras de mármore traziam aconchego à sala e ao quarto. Nas janelas, as cortinas pesadas se abriam para a bela vista do Green Park. Lembrou-se do hotel onde havia encontrado Aaron pela primeira vez, naquele casamento. Um nó se formou na sua garganta.

Emily arrancou os óculos e a bota, jogando-se na cama que dividiria com o amigo. Adorava fofocar com seu fiel escudeiro após a curtição e se esbaldar em bandejas de café da manhã, porém aquele fim de semana era diferente. Queria acordar ao lado de um homem que a desejasse e que tivesse passado a noite ao seu lado seduzindo-a. Era estranho para ela, a garota livre, sentir-se de repente tão apegada.

— Foi impressão minha ou o Aaron disse que vai encontrar *alguém* em vez de descansar? — perguntou Darren da sala, onde recepcionava o rapaz que trazia as malas para cima.

— Você também achou aquilo bizarro?

— Desnecessário, no meu ponto de vista. Se ele já vai te trair, por que não mentir?

Emily jogou uma almofada de veludo na direção dele enquanto Darren tirava a echarpe.

— Para me trair, ele primeiro precisa estar comigo. E eu não sou mulher para ser traída.

— Também não é mulher que não receba um cortejo decente. Estou sinceramente arrependido de ter deixado que ele fosse até a Porterhouse — disse Darren, e ela bufou. — Mas quem será que ele está indo encontrar?

Emily ficou em silêncio, ainda estirada na cama. Foi quando se lembrou da conta de Aaron na rede social e da foto dele com um amigo em Londres.

— Tenho certeza de que deve ser o amigo que ele encontrou na última vez que esteve aqui.

Darren relembrou a foto.

— Quem dera eu estivesse feliz com um amigo aqui nesta cidade maravilhosa. Só tenho a companhia de uma chata, que está obcecada por um chato ainda maior, que, aliás, apareceu do nada.

*Ele realmente apareceu do nada*, pensou Emily.

Darren se jogou junto com a amiga na cama king size.

— Fica tranquilo, amore! Se tivermos sorte, vamos nos divertir muito hoje à noite — disse ela, abraçando-o.

— Se você deixar de ter sorte, aí sim que eu me mato de vez!

Os dois riram como nos velhos tempos e, pouco depois, caíram no sono.

Não se interessavam por passeios diurnos em Londres. Era a noite que preferiam, e ela não tardaria a chegar.

Ainda estavam comendo as entradas do jantar quando Aaron adentrou o espaço reservado, mudando visivelmente o clima do grupo.

Owen fechou a cara na mesma hora, e Sean também não pareceu muito alegre. As meninas soltaram pequenas risadas umas para as outras, e Emily deduziu que todos tinham notado como o novato mexia com ela. Darren vinha tendo uma enorme vontade de voar no pescoço dele, desde que percebera o comportamento de Aaron com a amiga.

A ruiva observou que ele pelo menos estava com uma roupa diferente. Se Aaron estivesse até aquele horário na rua, ficaria ainda mais chateada.

— Peço desculpa pelo atraso — começou Aaron. — Os chuveiros desse hotel são realmente magníficos.

Foi a vez de os rapazes gargalharem.

— Não fazem duchas como essas de onde vem, gringo? — caçoou Owen.

— Não fazem tardes como a que eu tive hoje de onde eu venho — respondeu o americano. — A de vocês foi boa, dormindo uns com os outros aqui no hotel?

Darren e Emily sentiram a temperatura esquentar em segundos. A forma como Owen apertava os punhos era incômoda, e o choque das garotas foi visível.

Para alívio de todos, os pratos chegaram em bandejas individuais cobertas e Aaron pôde fazer seu pedido.

— Não precisava ser tão direto — sussurrou a garota para ele, quando todos voltaram a conversar e beber.

Aaron viu Darren balançar a cabeça, concordando com o que ela tinha dito.

— Se eu não cortasse a zombaria agora, no futuro seria pior.

— Ah, é?

— Sim — respondeu com calma, ainda sussurrando e olhando diretamente para Darren. — Provavelmente quebraria a cara deles.

Darren engoliu em seco. Emily nunca apreciara violência, mas não podia negar que, mesmo de uma maneira um tanto deturpada, aquilo a deixava excitada.

Aaron gostava *de poder*, assim como ela. Agora era só uma questão de descobrir se haveria uma junção desses poderes ou não.

Terminaram a refeição em uma atmosfera mais descontraída. Já haviam bebido bastante, estavam com o estômago mais cheio do que o habitual para o padrão fitness de todos e o clima de flerte se iniciava. Sean e Cara começaram a se abraçar mais do que o necessário, e o grupo sabia que quando os dois se atracavam era porque todos já estavam bêbados e prontos para uma pista de dança.

Pagaram a conta com cartões de crédito American Express Black Centurion, deixando uma bela gorjeta em espécie para o garçom. Em seguida pegaram três táxis particulares do restaurante e dirigiram-se ao bairro de South Kensington. Ao chegarem na Thurloe Street, saltaram dos veículos, esperando a noite finalmente esquentar.

— *Showtime* — anunciou Emily.

Entraram na Boujis, uma das casas noturnas de melhor reputação mundial, e também uma das mais noticiadas pela imprensa. Com mais de onze anos no mercado da música, a boate tinha filiais em Londres e Hong Kong. Apesar do longo período de atividade, nunca havia perdido seu padrão de luxo e estilo. A Boujis proporcionava aos frequentadores experiências únicas, que tornavam as noites memoráveis e inacreditáveis. O lugar era constantemente visitado pelas pessoas mais influentes e glamorosas do mundo, de aristocratas e estrelas internacionais das mais diversas áreas até a elite britânica.

A casa era também conhecida por sua discrição; poucas fotos de celulares eram postadas ali dentro. Tudo com muitos drinks premiados e os melhores DJs do circuito. Não havia por que começarem a farra em qualquer outro lugar. Desde que pisaram pela primeira vez no estabelecimento, aquilo se tornara um ritual.

A fachada da Boujis era simples: uma parede retangular preta com a logo e somente uma porta. A segurança era pesada; poucos entravam no clube, que era extremamente rigoroso na escolha de seus clientes. Como Emily já era frequentadora do estabelecimento, o grupo entrou sem dificuldades. Ela cumprimentou as funcionárias que guardavam os casacos, e eles desceram a escada que os levaria à pista de dança. Já podiam ouvir as batidas ritmadas da música eletrônica.

Os degraus iluminados por neon preparavam o clima. No subsolo, sofás de couro rodeavam todo o espaço, com pequenas mesas e suportes para os baldes de champanhe e todos os tipos de bebidas que se dispusessem a apreciar naquela noite.

Luzes azuis e roxas saíam dos contornos dos desenhos nas paredes, dando um ar de "Alice no País das Maravilhas" ao ambiente. Isso era completado pelo teto repleto de pontos de luzes que piscavam em diversos retângulos, se unindo e formando caminhos.

Os pontos de luzes invadiam a cabine do DJ, onde algumas celebridades fingiam tocar alguma música com fones de alta qualidade pendurados nos pescoços. Na casa havia poucos espaços estritamente reservados, onde em geral as figuras de maior renome se escondiam dos outros convidados.

Em sua última visita ao local, Emily testemunhara a cantora Rihanna dançando por horas com a supermodelo Cara Delevingne e se divertira observando Darren tentar fazer amizade com as duas.

Kate Moss era outra celebridade sempre flagrada saindo da Boujis e tinha suas fotos estampando capas de revistas sensacionalistas, assim como o Duque e a Duquesa de Cambridge. Para fechar com chave de ouro, o ainda solteiro príncipe Harry costumava gastar muitas libras na casa em seu tempo livre.

– Emily, querida! – cumprimentou uma das garçonetes ao reconhecê-la. – Soube pela imprensa que você estaria em Londres e imaginei que viria. Separei uma mesa para seus convidados.

*Sortuda mais uma vez.*

— Muito obrigada, meu amor! Prometo que a gorjeta de hoje será igualmente memorável. Os ânimos estão intensos neste grupo.

— E quando você não dá uma boa gorjeta? — respondeu a jovem de longos cabelos escuros, indicando um dos espaços mais reservados.

Ainda não era a sala mais elitizada, mas estavam em uma das melhores mesas do estabelecimento, e conquistas assim aumentavam o prazer de Emily e de todo o grupo.

Owen e Sean ao chegar aceitaram dois *shots* especiais oferecidos pelos bartenders, brindaram e viraram as doses. As garotas esperaram para se sentar antes de continuarem a beber, alteradas pelo álcool já ingerido no restaurante. Darren vasculhava o local em busca de possíveis candidatos para entretê-lo na noite. Emily tentou ir até o americano para conversar, mas, antes mesmo que todos se acomodassem no espaço VIP, ele se deslocou até a cabine do DJ para cumprimentá-lo.

A ruiva acabara sozinha.

— Não sabia que o gringo conhecia o DJ — comentou Aoife, enfim deixando suas seguidoras de lado por alguns segundos para focar em Emily.

— Há muitas coisas que não sabemos sobre ele — respondeu ela, aceitando um *shot* alaranjado oferecido por Darren.

— Você está legal, Emmy? — perguntou Aoife.

O coração da ruiva apertou. Sentia falta do contato com a amiga. Aoife estava distante, contudo talvez Emily também estivesse. Quase não havia demonstrado felicidade pelo noivado dela e mal sabia das coisas que aconteciam em sua vida. Como poderia cobrar um comportamento diferente de Aoife?

— Olhe onde nós estamos, a companhia que temos. Por que não estaria bem? — respondeu após respirar fundo.

Aoife suspirou e tentou sorrir. Conhecia Emily havia anos e sabia quando algo a incomodava *de verdade*. A declaração não a enganava e ainda não estava certa se o rapaz por quem a amiga desenvolvia uma paixonite se tratava de uma influência construtiva ou danosa.

— Você sabe que, se quiser, pode desencanar dele e curtir algum amigo do príncipe Harry aqui, né? — arriscou Darren entrando na conversa.

Emily olhou para ele de esguelha.

— Se eu quisesse curtir com alguém, pediria para o pessoal do clube ligar diretamente para o Harry, querido — brincou.

O comentário fez o garoto pular de felicidade, como se houvesse desvendado um grande enigma.

— Vocês dois dariam filhos ruivos lindos! Embora seja mais a sua cara terminar se atracando com um Harry Styles da vida.

Aoife riu, visualizando a cena.

— E quem não se atracaria com o Harry Styles? — zombou Emily.

As garotas riram.

A herdeira dos O'Connell aproveitou para ajeitar o vestido Balmain justo, deixando o decote um pouco mais saliente. Aaron estava com um drink esverdeado na mão e ainda conversava, animado, com o DJ que ela não conhecia. Pareciam grandes amigos.

Sentiu vontade de atravessar a pista e descobrir sobre o que os dois conversavam ou como se conheciam, mas aquela não era uma atitude apropriada para Emily. Ainda não havia passado sequer uma noite com o rapaz e já agia como uma namorada possessiva.

— Você precisa relaxar, amiga! — comentou Aoife, quebrando a linha de pensamento dela.

Pelo visto os olhos cor de esmeralda lotados de rímel e delineador não estavam escondendo muito bem sua obsessão.

— Vocês acham? — perguntou, mas era quase como questionar a si mesma.

— Temos certeza! Vamos botar esse corpinho para dançar! — exclamou Darren, empurrando-a. — Desgrude logo dessa Hermès!

Emily ainda carregava a bolsa.

— Eu não grudo na Hermès. A Hermès gruda em mim.

Largou a bolsa sobre a mesa e decidiu extravasar a energia acumulada. Desde a festa de St. Patrick não se acabava de dançar ou beber. Era assim que ela recarregava as energias e sentia o poder correndo pelas veias. Não podia deixar o desejo por Aaron consumi-la daquele jeito.

Pegou mais um *shot* oferecido por um garçom sexy no caminho e agarrou a mão de Owen, que apareceu ao seu lado. Os dois seguiram juntos para a pista de dança, enquanto o som de David Guetta explodia e definia o ritmo do movimento das pessoas.

Owen segurou a cintura marcada de Emily, que começou a roçar no corpo dele. Sempre gostara de dançar com o rapaz, pois ele era o único que realmente sabia se mover. Garotos como Sean tentavam dançar e eram sempre um desastre. Ela queria chamar a atenção de todos naquele momento; seus movimentos de cintura eram sincronizados, e as mãos de Owen alisavam as curvas de seu corpo. Virou-se e ficou de costas para ele, fazendo-o suspirar em seu ouvido enquanto se moviam conforme o ritmo. Darren e Aoife chegaram à pista logo depois, trazendo Sean e as outras meninas.

— Eu estava sentindo a sua falta, pequena — comentou Owen ao pé do ouvido de Emily, prendendo as mãos da garota por cima da cabeça em um movimento sensual.

Ela não sabia se era a bebida, a raiva por ter sido desprezada por Aaron ou o fato de enfim ter um homem concentrado nela, mas se virou e o encarou.

— Não sei por quê — disse, olhando-o nos olhos e mordendo os lábios. — Eu sempre vou estar aqui.

Dizendo isso, Emily deu um beijo lento e provocante em Owen, fazendo as pessoas ao redor repararem e os amigos aplaudirem.

Emily sempre abominara o "algo a mais" entre amigos, mas precisava daquele momento para se sentir novamente viva, desejada. Desde que conhecera Aaron sentia o que era ser sexualmente rejeitada e agora imaginava que era como Owen se sentia com relação a ela. Além disso, seu grupo provavelmente interpretaria aquele beijo como um sinal de que a *velha* Emily estava de volta. Exceto, talvez, pelo próprio Owen, que trazia um sorriso nos lábios ainda úmidos pelo beijo.

Darren e Aoife perceberam, no entanto, que suas intenções também eram outras. Num instante, Emily havia beijado Owen. No seguinte, procurara Aaron com os olhos para verificar se ele havia assistido.

— Você está brincando com fogo — comentou Darren, chegando mais perto dela. — Depois o garoto resolve beijar alguma modelo esquelética de passagem por Londres e você vai precisar de uma peruca quando arrancar os cabelos...

Em truques de sedução, queimar-se era um risco.

Emily concordou com Darren. Aaron poderia interpretar aquilo como falta de ligação física ou emocional. E, se de fato ele beijasse outra garota naquela noite, ela seria destruída. A viagem toda seria. Contudo, no final o risco tinha valido a pena. Emily percebeu um fulgor nos olhos do americano e sentiu uma nova onda de energia, como se houvesse enfim mexido com ele de uma forma mais profunda. Os lábios dele não se moveram e, depois de alguns minutos, deixou a cabine andando em sua direção.

Emily sentiu a pulsação ficar mais rápida.

Quando o americano se aproximou, a jovem não dançava mais com Owen. Retornara à área reservada.

— Ocupada? — perguntou Aaron, a um palmo de distância.

— Não mais — respondeu ela, tentando passar o mesmo nível de confiança.

Ele deu o sorriso sarcástico de sempre, sem mostrar os dentes.

— Tentando chamar minha atenção?

A ruiva passou a mão pelo cabelo longo, jogando-os para o lado com ar de suspense.

— Eu nem notei você.

Aaron segurou o riso em uma expressão de deboche.

A batida mudou para uma música mais sensual e Aaron a rodopiou, trazendo o corpo esguio dela para junto do seu.

— Hoje você já me trocou por dois homens — reclamou ela.

— Pensei que nem tivesse notado.

Ela riu, rendida.

— E quem disse que eu me encontrei hoje com dois *homens*?

— Então você me trocou por outra mulher?

Faíscas de tensão se acenderam, apesar de ela ter o corpo ainda relaxado pelo movimento deles.

— Encontrei com um homem só — respondeu ele, rindo. — Mark, o DJ que está tocando esta noite. Estive em Londres faz pouco tempo e outro amigo me apresentou a ele. Como voltei de supetão, por sua causa, não consegui avisar que estaria na cidade. Fui checar agora se Mark tinha conseguido localizar o nosso amigo em comum, como pedi a ele de tarde.

O coração de Emily se tranquilizou um pouco, mas continuava achando estranho ele se mostrar interessado por ela e depois gastar todo o tempo livre da viagem com um rapaz até então não mencionado. Mais estranho ainda, contudo, era a coincidência de que esse rapaz não mencionado era DJ na casa noturna a que tinham combinado de ir.

— Você se arrependeu de ter vindo? — soltou Emily, percebendo que a mente de Aaron voltava a vagar.

Ele encostou a cabeça na dela, ao ponto de esbarrarem os narizes.

— Eu disse que este final de semana seria mágico e *preciso* que você acredite.

Emily não moveu a cabeça e retrucou:

— Mas onde está a mágica? Você disse que, se a nossa química já funciona agora, eu deveria imaginar quando começarmos a desvendar um ao outro...

Os olhos de Aaron endureceram.

Havia algum segredo por trás daquele olhar. Ela podia sentir.

— Talvez desvendarmos um ao outro seja um risco alto demais...

Emily não entendeu aonde ele queria chegar.

— Bem... — lembrou ela. — Se nos arrependermos, ainda haverá uísque...

Ele não achou graça.

— Que *sorte* a minha.

Aaron a agarrou de repente, e o minúsculo espaço não existiu mais quando os braços definidos a envolveram. Sua boca quente tomou todo o espaço da dela. Ele a beijou com uma intensidade tão forte que a música ao redor pareceu sumir por um tempo, e os músculos dela se contraíram. As línguas se enroscaram e o sangue ferveu com o desejo de explorar cada detalhe.

Dessa vez, os amigos que estavam por perto não tiveram coragem de aplaudir.

Aquele beijo significava a perda da *velha* Emily. A descontraída, a rainha da festa, a menina do toque de ouro.

Owen saiu da pista de dança com raiva e seguiu em direção à saída da boate. Sean o seguiu para se certificar de que o amigo não cometeria alguma tolice. Todos do grupo dos *posh* sabiam quanto ele gostava de Emily.

Para ela, contudo, nada daquilo importava. Desejava beijar Aaron desde que trombara com ele no casamento. Fazia isso como se não houvesse mais ninguém ali.

Ele retribuía.

Depois precisariam descobrir o que aconteceria quando desgrudassem os lábios.

Ela esperava que ele não voltasse a ignorá-la. Ele esperava que ela não o desapontasse.

## II

O corpo de Emily parecia anestesiado, como se ela tivesse tomado algum tipo de droga sintética ou bebido além da conta. Permanecia a onda de energia, que passava por todo o seu corpo. Seus lábios ardiam de tanto pulsar e Emily não queria acreditar que isso pudesse ser apenas uma reação ao beijo.

Sentia-se estranha e ainda mais viva.

Vibrante como se alguma porta, romântica e desconhecida, tivesse sido finalmente aberta no momento em que se beijaram. Não podia negar que algo especial havia acontecido.

— Não foi mágico? — perguntou Aaron, quando por fim se afastaram.

O som do DJ voltou a explodir seus tímpanos, e a atmosfera se normalizou com uma rapidez absurda, deixando-a tonta pelo excesso de informações. Era quase como se enfim tivesse despencado de volta ao mundo material, sem aviso prévio.

— Me sinto estranha — disse ela, com falta de ar e levando a mão ao peito.

Aquela podia ser uma frase comum em festas regadas a álcool, mas Aaron percebeu que ela falava sério. Sua reação tinha um pouco a ver com o beijo, mas ambos tremiam com a mesma intensidade, o que só mostrava a profundidade da conexão entre eles.

Imediatamente, Aaron a conduziu até um sofá de couro próximo. Darren percebeu quando a amiga passou por ele como um fantasma, nitidamente sem ar. Encontrar Emily O'Connell embaralhando as pernas, em estado lastimável, e passando mal por excesso de bebida, caindo de balcões de bar, era habitual para o amigo. Vê-la passar ao seu lado como se estivesse tendo um ataque de pânico, não.

Notando o impulso de Darren de se aproximar, Emily fez sinal indicando que estava tudo bem. Ele ainda tentava driblar as pessoas na pista, mas respeitou o gesto. Mesmo não querendo.

— Ele é um bom amigo — comentou Aaron, puxando conversa. Queria entender por que Emily passava tão mal. Aaron também se sentia diferente de antes do beijo, mas ela parecia pior.

Ignorando o comentário, Emily apenas observou os amigos e as pessoas ao redor. Os braços levantando de acordo com as batidas da música eletrônica, os copos inclinados em direção às bocas pintadas e os sorrisos ébrios.

— O que está sentindo? — quis saber Aaron.

Ela estranhou o tom da pergunta. Era como se ele soubesse que *algo* acontecia no corpo dela. Tentava se lembrar de quando havia se sentido de forma semelhante, e apenas uma lembrança lhe vinha à mente: o banheiro na festa de St. Patrick.

*Será que aquele dia me amaldiçoou?*, questionou-se.

Sempre fora considerada uma pessoa abençoada. Temia se ver de repente na situação contrária. Seria uma ironia do destino.

— Por que está me perguntando isso?

Aaron ficou satisfeito por obter uma reação de Emily, mesmo que ríspida e distante.

Ele segurou a mão dela com força, tentando mantê-la atenta apenas a ele, não ao movimento das outras pessoas.

— Preciso que se concentre, O'Connell! Como você está se sentindo?

*O'Connell.*

Ouvi-lo usar seu sobrenome só a fazia lembrar-se de como estava se abrindo para alguém que até algumas semanas antes era um completo desconhecido.

Nunca se preocupara de verdade com isso, mas suas amigas viviam dizendo: mulheres abrem seus corações com facilidade. Homens os machucam com a mesma desenvoltura.

— Meus lábios pulsam, sinto uma onda de calor, falta de ar e agora estou tonta...

Emily balbuciava os sentimentos mais do que os descrevia, e algumas palavras se alongaram como se estivesse embriagada. Não esperara aquela reação após seu beijo com o estrangeiro sexy. Fantasiava com ele havia dias e de diversas maneiras, mas nunca teria conseguido imaginar aquilo.

— Você também se sentiu assim naquele banheiro da festa?

Aquilo a chocou.

*Como ele sabe disso?*

Aaron uma vez dissera ter ouvido rumores a respeito de Emily ter enfeitiçado o barbicha naquele banheiro. Provavelmente os mesmos, ainda que distorcidos, que Darren ouvira após a festa de St. Patrick.

O americano havia feito até mesmo sugestões estranhas sobre magia negra no dia em que se encontraram no pub, mas a ruiva queria esquecer aquelas conversas bizarras. Focava apenas na atração que sentia por ele e em seu estômago se revirando pela ansiedade de vê-lo.

Contudo, os problemas os perseguiam todas as vezes em que se encontravam.

Mesmo confusa, reparou que Aoife dançava com um inglês, enquanto as amigas a olhavam irritadas porque a única comprometida do grupo tinha conseguido um par. Em festas como aquela, julgamentos e invejas estavam tão à mão quanto drinques e surgiam com frequência entre amigas. Emily percebia que as mulheres que mais a invejavam em uma festa normalmente eram as que estavam ao seu lado.

Darren não deixava de observá-los. Praticamente não se divertira naquela noite, ainda que adorasse a atmosfera da Boujis. Emily percebeu que os outros rapazes de seu grupo não tinham voltado para a pista de dança.

— A sensação foi a mesma? — insistiu Aaron, incomodando-a outra vez.

A resposta a sufocava.

Nunca sentira que precisava tanto desabafar um segredo.

O problema era que Aaron certamente sabia mais do que contava. Emily não podia confiar nele, mas ansiava por compreender o que acontecia consigo.

— Com ele foi diferente... — respondeu de súbito.

— Como? — perguntou Aaron depressa.

Ele esfregou a mão esquerda diversas vezes na testa contraída.

*Por que Aaron acharia que a sensação de beijá-lo foi parecida com o beijo do rapaz do banheiro? Seriam parentes? Ele estaria agindo por vingança em nome do barbicha?* Emily achava que o americano só podia estar delirando.

— Eu nem me lembro do beijo daquele idiota.

— Tem certeza?

Ela sentiu vontade de virar uma taça na cabeça dele.

— Lembro apenas que achei repulsivo. Bem diferente do que senti com você — completou.

Aaron cobriu a boca com a mão, pensativo.

— Mas *houve algum momento* em que a sensação foi parecida com o que você sentiu agora?

Ela começou a ficar estressada.

— Nenhum momento! Que diabo de pergunta é essa?! — exclamou, um pouco mais alto do que ela esperava, e até a garçonete parou para encará-los. Constrangida, Emily sorriu, sem graça.

— Algo similar *precisa* ter acontecido — foi a vez dele de balbuciar, coçando a cabeça. — Com certeza você sentiu alguma coisa!

*Esse cara é um completo maluco.*

Emily ficou até em dúvida se deveria responder novamente alguma pergunta.

— Naquela noite concentrei todas as forças do meu pensamento para que ele parasse de me atacar. E, de alguma forma maluca, parece que isso me ajudou. Aquele cara quase me estuprou em plena festa! Ele foi violento, mas, ainda não sei como, no final ele foi parar lá do outro lado do banheiro, na parede.

Aaron não pareceu surpreso. Na verdade, a expressão em seu rosto se assemelhava à empolgação.

— Lembro que senti algo estranho — completou, ainda com dificuldade, sem saber se fazia a coisa certa. — Mas não é a mesma sensação. Daquela vez foi uma sensação ruim, totalmente negativa.

Um remix de uma música da Lana Del Rey começou a tocar. Emily reconheceu os primeiros acordes e mentalmente cantou junto com a música:

*Kiss me hard before you go. Summertime sadness...*

Os olhos dele faiscaram com um brilho intenso. Emily notou isso no mesmo momento em que as notas melódicas embalaram seus corpos.

– Quer dizer que, com o meu beijo, você sentiu algo diferente de qualquer outra coisa na vida.

A garota teve vontade de rir.

*I just wanted you to know that baby, you are the best.*

– Se você queria soar romântico, devo avisar que não está funcionando.

E então ele sorriu.

– Estou perturbando você com todos esses detalhes, não é?

Os dois afinal pararam de tremer e os corpos se moveram conforme a música.

– Não só com os detalhes – retrucou ela.

Aaron notou o quanto ela ainda estava pálida e se aproximou. Então lhe deu um beijo carinhoso na testa.

Do outro lado da pista, Darren pareceu relaxar um pouco. Emily sabia que não era nada saudável para o amigo se preocupar tanto com os seus problemas. O fato era que nem ela mesma conseguia entender aquela relação, quanto mais uma pessoa de fora.

– O que está acontecendo com a gente? – desabafou Emily.

Aaron hesitou antes de responder e apenas suspirou, concentrado.

– O mais correto é perguntar o que está acontecendo *com você* – respondeu ele enfim, medindo cada palavra. – Sua vida mudou ao longo dos anos e você não percebeu. Você tem ficado mais forte. Desde que ficou com Brady naquela festa, está tudo diferente. As coisas se intensificaram. Você não consegue enxergar isso?

Emily ficou pensativa, tentando relembrar os últimos dias.

– Meus pais estão estranhos...

– Com razão.

— Eles não queriam que eu viesse.

— Talvez tivessem algum pressentimento.

Emily voltou a sentir receio do rapaz. Ele sabia sobre seus encontros secretos, sobre suas mudanças de humor e até mesmo sobre seus pais! Aquilo não *deveria* ser possível.

— O que está acontecendo comigo, então?

Os dois se encararam, e o mundo pareceu congelar outra vez.

Música, passos, gestos. Nada mais existia senão eles.

— Você está começando a descobrir o quanto é poderosa. E que a sua sorte não vem do acaso.

Sem mais forças para continuar a conversa, ela apenas apoiou a cabeça no ombro dele e ficou observando os amigos por mais um tempo. Logo todos estariam prontos para ir. A noite não havia saído como planejara, mas Emily estava feliz pelo beijo.

Seus lábios se abriram num sorriso quando se lembrou.

Beijara Aaron Locky.

## 12.

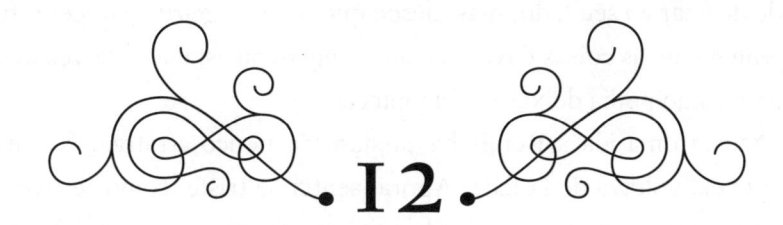

Abriu os olhos e a dor a invadiu: pontadas violentas na cabeça e um amargor na boca. Bebera demais na noite anterior, e o misto de ressaca com os sentimentos obscuros tinha sido uma péssima combinação para Emily.

O fim da noite vinha como flashes em sua memória. Cenas confusas que não sabia se eram reais. As amigas se divertindo e dançando em círculos. Darren de braços cruzados, insatisfeito com a festa. Sean flertando com uma latina. Depois, a movimentação na rua, e em seguida o breu. No fundo, não lembrava como havia terminado a noite.

– Boa tarde, *my lady*! – comemorou Darren sentado ao seu lado, encostado no travesseiro e mexendo no celular com a cara amassada.

– Só se for para você, senhor ogro.

Darren puxou a coberta e tapou a cabeça da amiga, mais uma vez com os cabelos em um total emaranhado.

– Isso! – murmurou ela, tentando voltar a dormir sem sucesso. – Me deixa no escurinho...

— Eu deveria era deixá-la presa aqui para sempre — resmungou ele. — Tem sido muito chato e trabalhoso sair com você.

Emily sempre fora o centro das atenções e todos morriam de vontade de ficar ao seu lado, mas, desde que o estrangeiro aparecera, frequentemente as coisas davam errado. Seu astral estava cada vez mais baixo, e não podia deixar isso acontecer.

Nunca uma ida à Boujis havia sido tão pouco atrativa. Normalmente ela voltava de lá feliz. Agora, sentia-se triste, como se tivesse perdido tempo, pois, para Emily O'Connell, uma farra em Londres precisava ser memorável.

A conversa com Aaron na noite anterior ainda martelava insistentemente em sua cabeça, como se o som das palavras dele compusesse uma melodia junto com a enxaqueca.

Os questionamentos do americano foram tão veementes que ele parecia mais querer analisar o beijo entre eles do que aproveitá-lo. Talvez fosse uma teoria estapafúrdia, mas tinha a impressão de que Aaron esperava uma reação diferente dela.

— Vocês estavam bem estranhos ontem... — retomou Darren, cortando a linha de pensamento de Emily. Ela tentou rir, porém qualquer movimento brusco piorava as dores.

— E *quando* não foi estranho com o Aaron?

Embaixo das cobertas, Emily não conseguia ver a expressão de Darren, mas tinha plena certeza de que ele sorria. Era o modo como agiam: levar tudo sempre que possível para a ironia ou o sarcasmo, a fim de esconder qualquer sentimento mais profundo.

— Nunca vi um beijo terminar em clima tão fúnebre – comentou ele, digitando a mil por hora e ignorando o fato de ela ainda estar embaixo das cobertas. — Obviamente foi impossível escutar a conversa de vocês, mas estava evidente que não era boa. Por que não se afasta logo desse americano?

Ela havia pensado nisso diversas vezes desde que o conhecera.

Darren lhe arrancou a coberta e finalmente largou o celular para encará-la.

— É sério, *baby*! Isso não está te fazendo bem. Você não é mais a Emily de sempre.

— Não *me sinto* a Emily de sempre.

— Por isso mesmo tem que sair de perto desse maluco.

Ela sabia que o amigo costumava ter razão. Ainda assim, Emily não tinha o hábito de escutá-lo.

Ela manteve os olhos fechados, verificando se a dor aliviava. Sem sucesso. Via claramente o rosto de Aaron, relembrava cada centímetro de sua face e sentia vestígios do *poder* que havia experimentado na noite anterior.

— Acho que não consigo. — Tinha vontade de chorar.

Darren explodiu, levantando-se da cama e colocando as mãos na cintura.

— E desde quando *você* não consegue alguma coisa? Você é Emily O'Connell! Emily O'Connell! Não é uma garota que viu um rapaz exótico e resolveu que terá cinco bebês ruivos. Ou que vai passear pelos parques e viajar para o interior, buscando a aprovação dos pais! Você é uma bilionária, dona de uma das coleções mais luxuosas que existem, tem homens de diversas nações aos seus pés, seguidores que te idolatram e o melhor homem do mundo ao seu lado, isto é: EU! Por que se preocupar com um rapaz que você *não* conhece? Um cara que só te traz problema e se acha superior em tudo? Um cara que, quando viu que você apagou no ombro dele, apenas te colocou em um táxi comigo? Ele nem quis trazer você pro quarto. Por que, garota, você não volta a ser a *minha* Emily O'Connell?

— Acabei de entender como se sente um coadjuvante de *Scandal* — debochou a ruiva após um silêncio momentâneo.

— Hein? — resmungou Darren, surpreso.

Ela ainda o encarava com a maquiagem borrada e os olhos contraídos por causa da claridade.

— Foi muito Olivia Pope esse discurso.

Darren riu e recomeçou a falar, agitando o dedo indicador no ar:

— Claro que foi, pois a Olivia é DIVA! A diva mor! Então só não explodo mais com você porque agora estou *me achando* e vou treinar no banheiro a minha expressão de raiva! Depois, acho que a gente deveria sair para comer e ir às compras.

Emily ignorou a dor de cabeça e desatou a rir. Apenas Darren conseguia lhe trazer tantos motivos para gargalhar após uma noite tão complicada.

Por um instante, quis voltar no tempo, quando comer ovos e bacon na cama após uma noitada era delicioso e normal. Quando a felicidade dela era a única coisa que importava.

*Desde quando me preocupo tanto com homens? Com um único homem?*

Uma batida na porta tirou-a de suas divagações. Andava avoada demais.

— Ok, srta. Pope! — disse Emily. — Antes de treinar a sua expressão de Golden Globe, por favor, atenda à porta.

Darren saiu do quarto, na direção da sala. Os amigos tinham combinado de se encontrar no fim da tarde em uma festa privada para a qual haviam sido convidados. Ele pretendia passar na Harrods para escolher um look mais britânico.

Para a surpresa e infelicidade dele, era Aaron na porta.

— Você...

— Eu... — respondeu Aaron, achando graça.

— Vou deixar os dois sozinhos e tomar um chá lá embaixo. Acho que nossa saída vai furar, né, baby? Vejo vocês à noite — gritou Darren, para que Emily soubesse que Aaron estava a caminho do quarto.

Ótimo! Ele já vai me ver pela primeira vez *toda acabada na cama*.

Nos poucos segundos que teve para se arrumar, fez um coque no cabelo e passou as mãos no rosto para tentar acertar os borrões da maquiagem.

— Acho que eu deveria ter ligado — disse ele.

— Acho que você gosta de presenciar meus piores momentos.

— Eu nunca poderia dizer que já vi você em um momento ruim.

*Não fraqueje, Emily, não fraqueje.*

— Está melhor? — continuou Aaron.

— Nem sei como te responder. Eu mal lembrava que tínhamos o convite de uma festa hoje, sabia? — A enxaqueca deixava seus pensamentos um tanto confusos.

Aaron achou graça.

— Na sua vida sempre haverá convites.

— Ontem você me disse que eu era *poderosa*... — afirmou ela de repente, mudando de assunto.

— Você está se sentindo assim?

— Não agora.

Aaron conseguia entender. Muita coisa ainda precisava ser dita, e a noite anterior havia sido apenas o primeiro passo em direção a conversas muito mais sérias.

— Precisamos falar sobre algumas coisas.

O coração dela quase saiu pela boca. Finalmente conversaria de verdade com Aaron. Pelo menos, era o que esperava.

— Pode começar.

— Não aqui. Vamos dar um passeio.

Emily não conseguiu esconder a felicidade. Passear com Aaron por Londres seria quase um clichê de *casal*. Já se imaginava andando pela Trafalgar Square e tirando selfies diante do Big Ben. Ou caminhando pela Bond Street e apreciando as lojas da Burberry, Chanel,

Dolce & Gabbana, Louis Vuitton e Tiffany & Co. Quem sabe ele não lhe compraria uma joia para celebrar a primeira viagem deles juntos?

Pensou na roupa que usaria e em como daria um jeito no cabelo em poucos minutos.

– Vamos dar uma volta pela cidade de ônibus, então tente se vestir da maneira mais normal possível, ok? – disse ele, como se pudesse ler os pensamentos dela outra vez.

Ônibus? *Será que ele estava falando daqueles ônibus vermelhos de dois andares? Com os turistas e trabalhadores?*

– Não fique desapontada – continuou ele. – Você vai ver outra Londres.

– Com certeza – suspirou ela, desanimada, levantando-se. *A Londres decadente.*

Aaron parecia não estar interessado em vê-la de camisola. Ele mal olhava para seu corpo, e Emily não sabia dizer se era por falta de interesse ou por causa de seu estado deplorável.

Tentando voltar ao controle da situação, ela resolveu apimentar um pouco as coisas.

– Preciso tomar banho antes de irmos.

– Imaginei – comentou ele, observando o parque pela janela.

– Talvez você queira tomá-lo comigo – arriscou, encarando-o com seus olhos verdes penetrantes.

O constrangimento de Aaron foi óbvio, apesar de ele continuar voltado para a janela.

– Acho que precisamos passear primeiro.

A resposta a deixou ainda mais desapontada. *Nunca* um homem a havia recusado daquela maneira. Voltou a se questionar se devia mesmo continuar investindo nele. Aaron sabia ser muito grosseiro e era o tipo de homem com quem em geral ela não ficaria cinco minutos. Mesmo assim, o desejava.

— Claro! Com certeza um ônibus lotado é muito mais *excitante* do que uma banheira quente com velas aromáticas.

Aaron sorriu. Eles teriam uma tarde juntos em uma das cidades mais românticas do mundo, e provavelmente em um dos transportes menos sedutores.

Mas pelo menos enfim conversariam de verdade.

Ela estava ansiosa para isso.

## 13

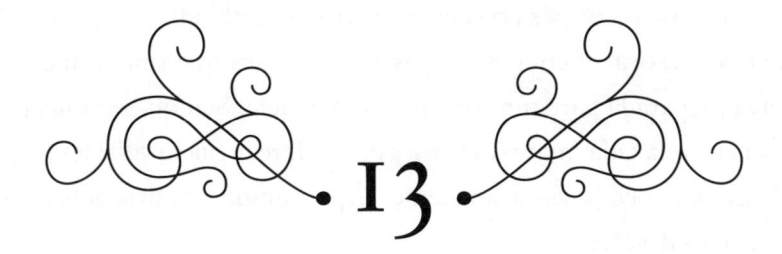

Nunca pensara que um dia andaria em um daqueles ônibus. Para a sua surpresa, após comprar um croissant para ela, Aaron nem mesmo escolhera um ônibus turístico, com o segundo andar aberto, mas uma linha qualquer. Emily observava a tudo um pouco chocada, mas com algum interesse, lembrando-se com saudade de seus motoristas particulares e dos táxis de luxo.

Os dois subiram para o segundo andar, e Aaron fez questão de que se sentassem na área logo acima do motorista, que oferecia visão ampla através de uma vitrine larga.

A garota surpreendeu-se ao perceber que era uma vista linda, apesar de tudo.

– Você precisa se alimentar – disse ele. – Um croissant não é café da manhã nem almoço. Já estamos quase na hora do jantar, e ontem você bebeu bastante.

Para a surpresa dele, Emily riu.

– Acha que manter esse meu corpinho é fácil?

Ele ficou em silêncio por um instante, observando a vista.

– Gosto de ver as ruas de Londres pela janela – desabafou. – Isso me faz lembrar como é realmente o dia a dia da cidade.

Emily apoiou os pés no cano à sua frente, exibindo o logo da O'C na bota. Vestira-se com as roupas mais simples que tinha, mas não estava preparada para um passeio como aquele. Sentou-se numa postura mais relaxada, mas não conseguiu disfarçar sua insatisfação.

– Então, você já viu o suficiente? – perguntou ela, desconfortável. – Podemos descer?

– Hoje a experiência não é para mim. É para você.

– Ah, é? Que bom. Realmente não sei o que faria sem você... – brincou a ruiva, agarrando o braço dele.

Aaron sorriu, ainda olhando para as ruas e as pessoas. Londres parecia serena com suas construções antigas, que ocupavam quarteirões inteiros, suas estátuas de ferro, as bandeiras patriotas e as decorações medievais, apesar da agitação habitual.

– O coração quer o que o coração quer – filosofou Aaron.

Ela também sorriu.

Por um tempo, Aaron falou de assuntos triviais. Explicou detalhes históricos da cidade, descreveu pessoas que já havia encontrado, listou restaurantes favoritos e também os motivos pelos quais Emily precisava conhecer o London Dungeon, uma espécie de parque temático de terror localizado abaixo da London Bridge onde histórias de Jack, o Estripador a Sweeney Todd eram encenadas por atores caracterizados.

– Eu nem gosto de terror! – exclamou ela.

– O fascínio de Londres não é feito só de seu glamour. Vem também de suas histórias e lendas.

– Então da próxima vez marque uma visita aos cenários de Harry Potter...

Ele riu. Apesar das respostas irônicas, Emily estava surpresa e interessada no que Aaron dizia, principalmente nos detalhes que ele deixava escapar de vez em quando sobre a própria vida. Até achou graça da empolgação dele ao contar sobre como os atores do London Dungeon entravam no papel. Tudo o que o rapaz falava a cativava de alguma forma, deixando-a curiosa sobre quanto ele na verdade sabia sobre Londres, um lugar para o qual ela o havia convidado por impulso. E interesse.

Sua mente divagou por um instante e Aaron notou que os comentários debochados dela que entremeavam seu discurso haviam parado. Estava falando sobre a vista da London Eye e sobre como presenciara ali um pedido de casamento, mas ela nada disse. Ele esperava que Emily reagisse a um assunto como aquele.

— Entediada?

A pergunta despertou-a.

— Não. Estou gostando de saber sobre a sua paixão por Londres.

— Então por que sua mente está em outro mundo?

— Acho que na verdade eu gostaria de conversar sobre por que estamos falando de coisas triviais em um ônibus público, quando já tivemos conversas tão mais estranhas desde que nos conhecemos.

Aaron se virou para encará-la.

— As histórias macabras de Londres soam triviais para você?

Ela o empurrou de brincadeira. *Será que tudo entre eles precisava ser tão difícil?* Nunca conseguia uma resposta direta, e ele sempre fazia graça quando ela tentava levar as coisas a sério.

— De verdade! Você me deixa louca. E nem sempre é de tesão.

O americano passou os olhos pelo ônibus e verificou que não estava tão cheio. Havia algumas pessoas sentadas, mas um espaço de duas fileiras vazias atrás deles lhes dava certa privacidade.

Eles iam precisar disso.

— Devo ficar com medo? — perguntou a garota, notando os olhos de espião dele enquanto examinava o transporte.

— De mim, nunca. — A resposta derreteu o coração de Emily.

As mãos dela ficaram frias.

— O que vou lhe contar a princípio vai soar estranho — iniciou Aaron, observando a palidez voltar ao rosto da ruiva. — Só preciso que me deixe falar tudo o que tenho a dizer e que tente manter a mente aberta.

Emily voltou a se sentir desconfortável.

— Tudo bem.

Era o máximo que ele podia esperar.

Aaron respirou fundo, olhou para ela e começou:

— Não nos encontramos no casamento por acaso — disse ele, e ela franziu as sobrancelhas. — Termos nos esbarrado foi uma coincidência, mas eu estava procurando por você naquela festa.

— Você me conhecia das colunas sociais ou da internet?

Emily sempre concluía que algo em relação a ela envolvia sua fama ou beleza.

— Acho que você já percebeu que sou milionário, mas não estou tão ligado a esse mundo de status, fofocas e loucuras.

— Ao mundo de loucura você está ligado sim.

Aaron sorriu, sem saber quanto ela brincava e quanto falava sério, e gostando disso.

— Na madrugada do dia dezoito de março, eu estava aqui em Londres, no fim de uma visita a um amigo, quando senti uma pontada.

— Tinha bebido?

— Preste atenção — exigiu Aaron, impaciente.

Emily corou com a ríspida chamada de atenção e se calou.

— Quando a pontada passou, senti uma onda me puxando. Como se houvesse *algo* no ar que me sugasse. Quase como se eu fosse um ímã. Você sentiu isso ontem, não sentiu?

Era verdade, mas Emily achou difícil encontrar uma conexão entre as sensações. Acreditava que o sentimento tivesse relação com a atração sexual deles e o excesso de bebida. Não o relacionava a pontadas e ondas.

— Primeiro, o que a sensação depois de nos beijarmos tem a ver com o que você sentiu naquela noite? — perguntou ela com seu eterno sarcasmo.

Ele riu, aceitando a zombaria.

— Você se lembra do que aconteceu naquela manhã?

Emily ficou pensativa, enquanto Aaron, empolgado, quase debruçava o corpo em cima dela aguardando a resposta. Era a primeira vez que o via realmente excitado com algo.

— Não sei. Sou péssima com datas. Mal me lembro direito das coisas que fiz na semana passada.

Aaron balançou a cabeça, como se a repreendesse por não se concentrar o suficiente, e algumas pessoas desceram para o andar de baixo.

— Que irlandesa é essa que não se lembra de quando é o dia do maior feriado de seu país?

Tudo fez sentido. O mundo dela ficou de cabeça para baixo.

Dezessete de março era o dia de St. Patrick. Naquele dia, Emily tinha ido à festa dos *posh* e permanecera lá até o amanhecer.

E o incidente com o barbicha havia acontecido de manhã, quando já era o dia dezoito.

— Acredito que naquela madrugada você tenha excedido os limites ao usar sua sorte, e depois eu ouvi boatos de que você passou por uma situação difícil. Talvez a mais difícil da sua vida em termos de *arriscar a sorte*.

Emily continuava atônita.

— Você nunca estranhou o fato de que, em muitos casos, sua *habilidade* em conseguir as coisas é maior do que a dos outros? Nunca pensou que as outras pessoas costumam ficar seriamente doentes, enquanto você raramente pega um simples resfriado?

— Você está tentando justificar o fato de eu ser bonita, saudável, inteligente e milionária?

Aaron achou graça.

— E *humilde* — completou ele. — Mas, se fosse assim, todas as suas amigas também conseguiriam tudo o que querem.

— Nenhuma das minhas amigas é igual a mim. E eu não consigo tudo o que quero.

No entanto, ela sabia que só a primeira frase era completamente verdadeira. Sempre conseguira tudo o que queria, no fim das contas. Mesmo quando algo ruim acontecia, ela dava um jeito de transformar o prejuízo em benefício. Sempre recebia o melhor. Por isso, estava tão intrigada com Aaron. Ele era o único homem que já resistira tanto tempo ao seu charme.

— Acho que você já percebeu a verdade. Você nasceu em berço dourado, mas esse ouro vem de algo a mais. Já notou como seus pais são parecidos com você?

Emily começou a pensar nos detalhes. Realmente, não ficava doente com frequência e nunca tinha sofrido um acidente sequer. Além disso, desde sempre sabia que Padrigan tinha uma vantagem sobre os outros pais. O que ela pedia, o pai conseguia. Simples assim. Algumas vezes isso envolvia coisas inacreditáveis, como quando cismou que queria um sorvete com seu nome na embalagem. Pouco depois, a fábrica de uma marca famosa decidiu fazer uma edição especial. O pai tinha dinheiro o suficiente para pagar uma ação como aquela, contudo era difícil acreditar que uma empresa conceituada realmente havia criado um sorvete chamado Emily *apenas* para agradar um cliente endinheirado. O mais inusitado era que, no verão de seu lançamento, o sorvete fora um grande sucesso; por isso, uma estátua dourada em forma de picolé adornava o escritório do pai.

Esse era apenas um caso entre dezenas. Ela também havia teimado que queria convidar o best-seller William Bass, autor de seu livro favorito, para uma de suas festas de aniversário. Claro que o escritor não costumava fazer aparições como essa e estava ocupado com o desenvolvimento de seu próximo romance, mas, mesmo assim, naquele ano ele fora convidado para a festança na mansão dos O'Connell. Por admirar a marca O'C e suas ações beneficentes, e estando em Dublin por causa de uma noite de autógrafos com a escritora Carolina Wales, ele acabou aceitando. Durante a festa, seu pai fechou uma enorme campanha para a nova linha de sapatos masculinos, inspirada nos grandes autores irlandeses.

O próprio sucesso da O'C podia ser questionável. Diversos investidores apostavam na criação de marcas de luxo pelo mundo, sonhando em um dia se transformar em grandes corporações. Padrigan descendia de uma família irlandesa humilde, que sofrera grandes traumas relacionados a doenças e acidentes. Muito fora resultado da Guerra da Independência. No final, restou apenas ele, mas sempre fora um jovem ambicioso, que alcançava mais do que as outras pessoas ao redor. Ele começou a trabalhar quase quinze horas por dia para gastar seus trocados na loteria nacional e ficou milionário ao ganhar sozinho dezenove milhões de euros. Aquele foi o recorde de ganhos em uma loteria da Irlanda, um verdadeiro choque para todos na época.

As pessoas agora mal se lembravam do passado dele, pois desde então Padrigan O'Connell trilhou o próprio caminho de sucesso e prosperidade. Os milhões ganhados não eram nada em comparação à fortuna que gerou com seus investimentos. A marca O'C estava espalhada em todos os cantos da Irlanda, possuía uma maison em Paris e muitas lojas por todas as grandes capitais do mundo. Todas as celebridades a usavam, assim como os políticos e até a realeza.

Claire conheceu o marido em uma grande comemoração da cidade. A O'C ainda estava crescendo, e ela, recém-formada, sustentava-se como designer. Poucos meses depois, os dois estavam casados, e a sorte dele continuou.

Emily de repente percebeu que de fato *tudo* em que seu pai se envolvia acabava dando certo. As apostas de sua mãe, ao contrário, tinham uma margem de erro, apesar de Claire ter uma grande influência nos negócios.

— Sou como meu pai. Não como minha mãe — balbuciou ela.

— Fico feliz que tenha percebido isso.

Emily observou as três folhas que reluziam no anel de diamantes em formato de trevo.

*Será que meu pai e eu realmente temos mais sorte que os outros?*

— Quer saber por que vocês são tão diferentes?

A garota apenas balançou a cabeça, concordando.

— Eu preciso pedir de novo para você me ouvir até o final. Isso é muito importante, Emily. Estou me arriscando aqui, só que eu não posso ignorar a nossa conexão. Escolhi um lugar público para que haja menos chances de você surtar. Pelo menos você vai ter que esperar o ônibus parar se quiser descer. Não me considere simplesmente um maluco. Pense antes de sair correndo, ok?

Emily estava cada vez mais tensa. Era bizarro ouvi-lo confessar que a havia encurralado de alguma forma.

*Darren ainda vai me dizer que Aaron é o tipo que todos da família aconselham que você largue, mas você só percebe que é um babaca quando é tarde demais,* pensou.

O passeio tinha deixado de ser romântico. Emily pensou no comportamento estranho dos pais no dia em que saiu de casa para embarcar naquela estúpida viagem, em como eles estavam angustiados sem motivo. Tudo parecia misteriosamente conectado.

– Desembucha, Aaron! Já estou quase descendo do ônibus para ligar para o meu pai. Primeiro você fala de como me senti com o tal do Brady e agora parece um grande conhecedor da minha família. Tem sido assim desde que nos conhecemos. E você precisa me contar tudo o que sabe de uma vez... *agora*!

Então Aaron começou a falar.

RELATÓRIO TL                N° 590.687.685.566.121

*Para a excelentíssima Comissão Central*

*Assunto:*
ATUALIZAÇÃO FAMILIAR • *Grupo de destaque* •

Novas informações sobre uma das famílias de destaque da comunidade. Atualização de cadastro para ciência da comissão.

*Localização da família:*
Rio de Janeiro – Brasil

*Habilidade familiar:* diversos setores, maior foco na área petrolífera.

*Histórico:* família cadastrada há décadas. Toque passado por geração.

*Idade de reconhecimento e cadastro no sistema TL:* com menos de 1 ano. Cadastro há 59 anos.

*Status:* indivíduo que perdeu a maior fortuna por roubo de toque.

*Contribuições externas:* mais de 300 milhões em doação para desenvolvimento cultural e apoio à natureza.

*Contribuições internas:* contribuição para o manual principal da TL. Organização das famílias identificadas na América do Sul.

*Atualização:* perdeu noventa por cento de seu patrimônio no período de um ano. Ele e uma filha tiveram seus toques roubados.

*Ação:* Proteger o toque da filha mais velha.

*Margareth griffin*

## 14

— Você é um Leprechaun! – declarou Aaron, sem rodeios.

Por coincidência ou *sorte*, o segundo andar do ônibus esvaziara durante a conversa, e os dois, que se encaravam e tinham esquecido qualquer paisagem de Londres, eram agora os únicos passageiros.

O silêncio só fazia aumentar o desconforto entre eles. Aaron percebeu a incredulidade nos olhos dela.

— Desculpe, acho que ouvi errado... – sussurrou a ruiva, tomando coragem.

— Não, você ouviu certo. – Aaron ficou apreensivo.

— VOCÊ SÓ PODE ESTAR DE SACANAGEM COM A MINHA CARA, GAROTO! – explodiu Emily, com os olhos verdes comprimidos em uma expressão de pura raiva.

— Me deixe terminar... – arriscou ele.

Ela bufou com o comentário.

— Garoto, você é completamente maluco e precisa se internar! É sério! Não quero ser rude, mas existe um limite para o absurdo. Eu estava acreditando que teríamos uma conversa séria e você vem com essa palhaçada! – exclamou, gesticulando de modo brusco.

Emily se levantou. Qualquer pessoa poderia se preocupar com o escândalo, já que era impossível abafar os gritos da garota. Aaron não.

*Ele é mesmo maluco*, concluiu Emily.

– O'Connell, você prometeu escutar até o final! – Foi a vez dele de alterar a voz.

– Não sei como você conseguiu tantas informações sobre o garoto da festa, mas está óbvio que andou pesquisando sobre a minha família! Talvez nem seja tão rico assim e esteja atrás da minha fortuna. Sim, eu sou famosa por ser liberal e ter a cabeça aberta, mas só por causa disso você acha que eu cairia em algum papo esotérico seu?

Aaron sentiu as entranhas arderem.

– Você não está me deixando explicar...

– Explicar o quê? – A jovem tremia de ódio. – Que eu sou uma anã que veste verde e fuma cachimbo? Que tem um pote de ouro me esperando no final do arco-íris e faço sapatos pra fadas? É isso que está tentando me explicar?

– Você não faz ideia do que significa ter um *toque de ouro*.

Ela gargalhou, histérica.

Riu ininterruptamente e de forma teatral. Precisava extravasar toda a angústia dos últimos acontecimentos. A raiva de quase ter sido estuprada em um momento de inconsciência, a discussão com o professor da Trinity College, a vergonha do acidente no casamento e até o comportamento estranho dos pais e as atitudes manipuladoras do homem sentado à sua frente.

– Parou de rir?

Com o mesmo ímpeto com que tinha começado, ela terminou.

– Então, você vai me explicar o que significa ter um *pote de ouro*? Qual a próxima etapa? Vai dizer que a Irlanda não é feita só de glamour, mas também de histórias e lendas? Será que, afinal, Aaron, você não passa de um guia fracassado do Museu Nacional Leprechaun? Já se sentou naquelas cadeiras gigantes de lá? Devem ser tão grandes quanto a sua insanidade.

Ele permaneceu quieto e absorveu as ofensas antes de reagir.

— Você já reparou que todos os seus comentários são baseados em dinheiro, sexo, bebida e festas? Quando foi a última vez que avaliou o valor de algo pela paixão, não pelo preço? Eu duvido que você não se sinta mal quando está sozinha, sem ter ninguém para impressionar, sem se lembrar *da sensação* de estar no palco. Porque é *a sensação* que importa pra você. Se eu fosse um guia fracassado de uma atração turística, ainda assim eu seria um guia, e isso é mais do que você é neste momento.

Emily fechou os punhos, trêmula. Sentiu o rosto molhado e ficou com ainda mais raiva de si ao perceber que havia chorado na frente dele.

— Você não está em posição de me julgar, maluco.

— Eu nem quero. Porque suas qualidades são muito maiores que seus defeitos. E é disso que quero lembrá-la hoje. Não vale a pena julgar pela superfície. É sempre melhor ir a fundo...

Emily se sentou em outro banco com os braços cruzados e voltou a atenção novamente para a paisagem. Para seu espanto, já estavam do outro lado da cidade e atravessavam a Tower Bridge.

— Ok — disse ela sem focar nele, ainda observando os arredores. — Conte-me sobre o que há além da superfície da sua loucura. Eu quero ver o que existe mais a fundo...

— Você tem razão em ligar a figura de um Leprechaun com os mitos que a têm acompanhado desde a infância. Com as histórias de dormir e os souvenires espalhados por toda a sua cidade. Você é irlandesa, afinal! Deve ser muito difícil ouvir o que estou falando. A questão é que o termo *Leprechaun* não se refere a uma lenda, mas a um *conceito*.

— Então o pote de ouro seria *uma metáfora?* — ironizou, abismada porque ele nem mesmo titubeara.

— O pote é uma alegoria, mas o *toque de ouro* é uma realidade.

— Pensei que não usasse drogas — disse ela em uma afirmação sincera e sem filtro.

Sua vontade era saltar do ônibus e pegar um táxi para o hotel. Não queria que Darren começasse a achar que ela o tinha esquecido por estar loucamente apaixonada pelo estrangeiro.

— Você consegue tudo o que quer e é herdeira de uma das grifes mais luxuosas da Irlanda. Nunca precisou se esforçar para conseguir grandes papéis e está sempre em destaque na mídia. Seus pais mantêm um império estranhamente estável, que mal é afetado pela variação da bolsa de valores. As pessoas comuns, para alcançar uma riqueza tão grande, costumam dar duro, sabe? Do contrário, as coisas dão errado na mesma proporção da sua falta de foco.

— Eu até aceitaria que um *toque* de magia pudesse ser o segredo da O'C se as celebridades não vendessem nossos sapatos melhor do que as fadas — ironizou Emily. — Mas digamos que a gente tenha dividido o mesmo chá. Qual é *o conceito* de Leprechaun?

— Existem pessoas especiais no mundo. Homens e mulheres que nasceram no exato segundo de um fenômeno mágico raro, quando sua primeira respiração coincide com o instante em que um arco-íris toca o solo. São seres abençoados com o chamado *toque de ouro* e que possuem uma tendência de sorte maior do que a dos outros. A facilidade dessas pessoas de gerar fortunas é imensa e, usando técnicas compreendidas e estudadas, muitas conseguem desenvolver novos dons. Podem demonstrar essa força a qualquer momento, como quando você arremessou o Brady contra a parede por se sentir ameaçada. E também quando eu senti o seu poder sendo liberado, mesmo a quilômetros de distância. Estamos todos ligados de alguma forma desde o início dos tempos. Por isso fui procurar por você.

Emily tinha de admitir que a explicação estava bem ensaiada.

— Então você está falando de uma espécie de 'sociedade secreta'? Por isso ninguém sabe dessas histórias sobre eles? Quer dizer, sobre os supostos 'Leprechauns de verdade'?

Ela reforçou as aspas finais movimentando os dedos no ar.

— Fiz a mesma pergunta quando meu mestre me ensinou sobre os poderes do toque. Não sei se existe uma sociedade, mas sei que nós existimos. Você não sabe sobre a minha vida, mas vou compartilhar minha experiência com você. Eu vim de uma família comum de São Francisco. Meu pai trabalhava com ações, mas não ganhava muito dinheiro, e minha mãe sempre trabalhou com revenda de produtos para emagrecer. Quando compreendi que era diferente e que minha sorte não era passageira, acabei influenciando-os nos negócios. Em quatro anos, com minha ajuda, meu pai fez fortunas no mercado financeiro, e minha mãe se tornou uma celebridade do bem-estar, sendo seguida por milhares de mulheres da Bay Area. Os dois expandiram cada vez mais os negócios e, quando completei dezenove anos, eu já era um dos maiores milionários da área da Golden Gate, sem levantar suspeitas. Se eu sozinho consegui esconder minhas habilidades, imagine toda uma geração de pessoas assim.

— Mas e todas as lendas sobre os Leprechauns? A história que você está me contando é bem diferente das que eu conheço – indagou Emily, um pouco menos debochada.

— Pelas minhas pesquisas, esse fenômeno foi descoberto há centenas de anos. As primeiras ocorrências históricas do termo *Leprechaun* datam da época da invasão celta, quando pequenos montes chamados de 'anéis de fadas' foram encontrados na Irlanda. Acredita-se que seguidores de Tuatha de Danann habitavam esses lugares. De acordo com os rumores, o primeiro abençoado com o toque foi um anão irlandês, que originou a lenda dos Leprechauns. Daí para começarem a nos descrever como pequenos seres mitológicos vestidos de verde e com barba branca ou ruiva foi um pulo. Já olhou para algum senhor irlandês? Óbvio, não é? Mas esse primeiro *tocado* percebeu o poder que tinha nas mãos e começou a juntar fortuna.

— Se eu soubesse que era capaz de algo assim, não contaria a ninguém com medo de roubarem a minha fortuna – disse ela.

Aaron sorriu com o comentário.

— Essa é a grande jogada dos Leprechauns! O importante não é dinheiro ou status. É a *essência*. O seu *pote de ouro*. Cada abençoado possui uma energia muito forte, sua essência mágica, que nas lendas foi chamada de pote de ouro. É ela que traz sorte às pessoas, que alimenta o *sangue Leprechaun*! A energia de cada um de nós fica armazenada em um lugar especial que, com muito treino, você acaba descobrindo. É onde a sua essência se recarrega. É o seu *final do arco-íris*, e apenas quem o conhece é capaz de obter a essência. Todos que tentam roubar todo o *dinheiro* de um Leprechaun acabam fracassando; por isso, nas lendas, essas criaturas acabam enganando os humanos gananciosos. Não adianta ir atrás do dinheiro físico. Apenas quem tem a localização da energia consegue roubar o poder.

A mente de Emily viajou um pouco naquilo tudo. Foi quase como se tivesse acabado de beijá-lo, como na casa noturna. Ela sentiu novamente a falta de ar e a onda de energia.

*Será que há lógica nessa história?*

— Por que você está me contando isso, Aaron?

— Porque diversos políticos, celebridades e empresários ao longo de todos esses anos descobriram ter esse dom. Essas pessoas puderam usufruir dele e desenvolvê-lo, e obtiveram grande recompensa. Ao mesmo tempo, diversas pessoas como você estão na escuridão e não sabem da capacidade que têm. Pessoas que acabam morrendo sem saber que poderiam mudar o mundo. Jogar fora uma dádiva dessas sem deixar um legado para as gerações futuras é um desperdício.

Emily franziu a testa.

— De que legado você está falando?

— Como eu disse, esse dom nasce de um fenômeno, certo? Mas há outro modo de obtê-lo.

— Herdando? – perguntou a garota.

— Exatamente – concordou Aaron, um tanto orgulhoso. – Por meio da linhagem. Hoje há diversas famílias com sangue Leprechaun pelo mundo. Gerações de avós ou tataravós que retransmitiram o toque para seus herdeiros. Em algumas famílias, esse dom é compartilhado. Os pais treinam os filhos desde pequenos. Se você pesquisar as famílias mais ricas dos últimos duzentos anos, vai notar que as histórias de como algumas ganharam sua fortuna são bem curiosas, e quase todas envolvem pessoas que vieram do nada. Em outras famílias, contudo, o dom não é compartilhado. Muitos pais preferem que os filhos não saibam que nasceram assim. Alguns têm medo de que um dia eles sejam perseguidos ou discriminados. Outros acham que o dinheiro não deve ser a prioridade de suas vidas.

Aaron fez uma pausa e se animou ao perceber como Emily já estava muito mais concentrada na conversa.

— Com você não foi assim, né? – quis saber ela.

— Não foi, então não tenho como julgar. Eu sou o primeiro da minha linhagem e aprendi tudo com um investidor estrangeiro que visitou a empresa do meu pai. Ele jantou algumas noites na minha casa e *sentiu* logo de cara o meu toque de ouro. Para mim também foi um choque, porém no fundo eu sabia que era diferente.

*Assim como eu*, ela pensou.

— Sei que você deve estar confusa. Quando vim a Londres visitar meu amigo, nem sabia quem você era. *Senti* o rastro da sua energia e não resisti. Fui procurar por você. Foi fácil entrar nos círculos sociais e descobrir sobre um rapaz que acreditava ter sido enfeitiçado e jogado contra a parede por uma milionária irlandesa conhecida. Acho que nós dois temos muito o que pensar hoje, e pode ser que você não queira mais me ver. Mas estou feliz porque sei que eu cumpri meu papel hoje aqui. E, se um dia você achar que alguma coisa do que eu disse faz sentido na sua vida, pode me procurar. Sempre estarei aqui para te ajudar.

As palavras dele mexeram com Emily.

Sentados em bancos separados, eles mal olhavam um para o outro, admirando o entardecer pelas janelas do ônibus.

Emily notou que, durante a conversa, nenhum passageiro havia subido para o andar deles, apesar de terem percorrido o trajeto inteiro da linha circular.

— Estamos quase de volta ao hotel e me preocupo por você só ter comido um croissant hoje. Preciso que volte e peça o serviço de quarto. Tente tomar um banho quente e veja se quer mesmo ir a essa festa.

— Você não vai? — perguntou a garota, mas logo percebeu o significado de suas palavras. Tentou disfarçar a preocupação, mas foi incapaz. Não conseguiria se desligar tão facilmente de Aaron.

— Foi um longo dia — disse ele. — Há muitos anos guardo o segredo desse dom. Meus pais não sabem que se tornaram ricos por conta da minha sorte. As pessoas não sabem que sou o criador da minha fortuna. Visto a carapuça e me torno apenas o playboy passando férias na Europa e sustentado pelo papai. Você é a primeira pessoa a quem estou contando isso. E, admito, não é nada fácil. Como você falou, quando se tem um poder desses o medo de ser roubado toma conta da gente. Não pensei que pudesse compartilhar isso com alguém, mas sinto que posso confiar em você.

Ela era *a primeira*. Isso fez Emily se sentir importante, ainda que não soubesse se acreditava naquela história. Apenas ouvi-lo dizer que confiava nela já lhe dava satisfação. *O coração quer o que o coração quer*, afirmara ele.

— Você vai ficar bem? — indagou, sem saber ao certo por quê.

— A grande questão é: *você* vai? — perguntou ele de volta.

Precisariam descobrir.

## 15

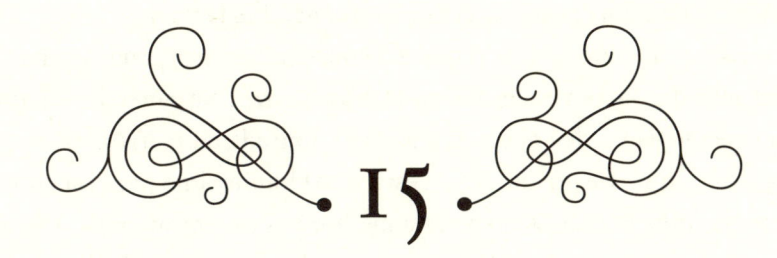

Assim que pisou em seu quarto no The Ritz, Emily ouviu a voz de Darren:

— Pelo amor! Eu tomo chá, faço compras, janto e nada de você aparecer! Estou ligando para o seu celular o dia todo e só dá desligado! E ainda chega com essa cara de zumbi! Que horror!

Darren identificou em dois segundos que Emily não estava bem. A ruiva sentia que precisava mesmo das repreensões dele naquele momento, acordar para o mundo real. Sair daquela dimensão distorcida em que Aaron a colocara.

— O que foi? Está me ignorando? Além de tudo, vai me deixar falando com as paredes? — continuou ele, enchendo-a de perguntas enquanto ela deixava as botas pelo caminho.

Emily tinha vontade de chorar. Estava engasgada. O passeio, a conversa estranha e a fome a desestruturavam. Era como se o poder em seu pote de ouro tivesse se esvaziado.

*Meu pote de ouro*, pensou. Ela já estava se acostumando com aquelas expressões.

Darren teve vontade de ligar para o quarto de Aaron e pedir explicações. Estava confuso com o comportamento da amiga. Os dois tinham saído juntos para um dia romântico, mas Emily agora parecia arrasada, como na noite anterior. Aaron não lhe fazia bem.

— Está tudo bem... — foi o que ela conseguiu murmurar, beijando a bochecha de Darren e seguindo rumo ao quarto. Na cama, havia uma enorme sacola verde-musgo com a logo dourada da Harrods.

— Achei que iria gostar de um estímulo chiquérrimo para esta noite.

E ele tinha razão. Darren era a melhor pessoa em sua vida. O amigo sempre buscava entendê-la e ver o melhor em tudo. Podia contar com ele a qualquer momento para fazê-la se sentir mais amada.

*Seria tudo tão mais fácil se Darren fosse hétero e eu o amasse como homem. Mas também seria bem menos sedutor, é verdade.*

— Não vai abrir para ver o que é?

Com passos miúdos e um sorriso tímido, Emily pegou a sacola e retirou um vestido preto e branco da coleção resort de Oscar de La Renta, um de seus designers prediletos.

Definitivamente, ele sabia como fazê-la feliz.

— A vendedora me informou que era o último modelo dessa peça no Reino Unido. Achei que iria gostar.

— Você me conhece.

Ele sorriu, satisfeito.

— Então faça-me o favor de tomar um banho e vesti-lo, pois hoje eu quero você do meu lado e feliz. Não sei o que aconteceu e não precisa me dizer se não quiser, mas estou cansado de te ver infeliz. Você tem que brilhar de novo! Ainda mais dentro de um modelo desse... Quero ver você ofuscar Londres com tanto brilho esta noite, amore!

Ele estava certo. Tinha sido um dia desgastante, mas ela devia ao amigo uma noite agradável na terra da Rainha. Sem garotos-problema e com um vestido magnífico. Além do mais, uma taça de champanhe a ajudaria a tirar aquelas teorias absurdas da cabeça.

— Ok — disse ela.

— Ok, o quê? Você vai comigo?

— Vou me arrumar para ir a essa festa com você. Só que antes peça algo para eu comer, ok?

— Esse americano, pelo visto, além de babaca é pão-duro, amiga! Nem pra te levar a um restaurante, pelo amor!

Entrando no banheiro, Emily sorriu.

O Oscar de La Renta serviu-lhe como uma luva. Era cavado, tinha pérolas bordadas ao longo de toda a silhueta marcada e uma barra de renda branca que dava um toque final de elegância ao visual.

Darren lhe pedira um prato de salmão com legumes, que ela devorou em questão de minutos, já muito mais bem-humorada.

Quando terminou de se maquiar e de enrolar as madeixas para deixá-las com mais volume, colocou os acessórios e vestiu o scarpin da O'C. Era um sapato todo encrustado de pérolas, oriundo de um lote de apenas vinte modelos no mundo. Ao ver-se no vestido, celebrou internamente por ter escolhido colocar aquele sapato na mala. Pegou a bolsa e estava pronta para partir.

Teve o ímpeto de ligar para Aaron antes de apagar as luzes. Queria ouvir a voz dele e saber se estava tudo bem. Contudo, aquela era uma noite para curtir com Darren. Respirou fundo e tentou se lembrar de que era uma pessoa independente. Não acreditava em lendas nem em sociedades secretas. Não dependia de Aaron. Era livre.

Diante da porta do hotel, seus amigos já a esperavam na limusine. Darren e os outros aplaudiram quando ela fechou a porta ao entrar.

Ela estava *solteira* naquela noite. Achava graça em como todos gostavam da *velha* Emily.

— Vamos nos divertir muito hoje! — comentou Fiona. — A festa vai ser na cobertura de um amigo nosso, jogador de polo profissional. Quer algo mais britânico do que isso?

No fundo, para ela não importava onde seria a festa. Precisava apenas dançar e tirar Aaron e seus Leprechauns da cabeça.

— Bom ver você voando de novo sozinha — comentou Owen.

— Eu sempre voo sozinha, *darling*! Às vezes as pessoas tentam pegar carona na corrente de ar. Mas só tentam. Voo de primeira classe é caro.

Todos deram risada.

Ela gostou de ouvir as pessoas rindo à sua volta. Finalmente estava de volta ao seu padrão de normalidade, que envolvia limusines e festas em coberturas britânicas.

— Pensando nele, né? — sussurrou Darren no ouvido de Emily.

Ela suspirou.

— Acho que hoje vamos achar um lorde inglês para esse rapaz aqui — provocou Emily, chacoalhando o braço do amigo e desviando o assunto. — Quem sabe não arranjamos um que saiba manejar um taco.

Todos gargalharam, brindando pela diversão da noite.

Chegaram a um dos prédios residenciais mais luxuosos da capital britânica e subiram para a cobertura.

Foram recebidos pelo anfitrião, que lhes mostrou o apartamento e a área externa, de onde vinha uma batida eletrônica orquestrada por um DJ. Luzes diferentes piscavam conforme a batida, e os convidados já alcoolizados dançavam de forma cômica. Garçons serviam taças de espumantes e drinks coloridos, e havia uma mesa ao fundo com frutas e uma fonte de chocolate.

*Fonte de chocolate? Que coisa mais cafona*, pensou Emily.

— E eu que sou a diva aqui — comentou Darren, lendo a mente dela.

Os dois pegaram taças e se dirigiram à parte externa, onde a festa acontecia. Ilhas de assentos brancos tinham sido espalhadas pelo ambiente. A vista do último andar era estupenda, alcançando o brilho da London Eye ao fundo, além do contorno do Parlamento.

— Tudo bem? — quis saber Darren, parecendo genuinamente preocupado.

Sentia-se bem e, ao mesmo tempo, triste.

— Vai ficar — respondeu Emily.

— Ótimo! Agora vire essa bebida e vamos colocar esse vestido para dançar porque você está linda de morrer e quero te exibir!

Os dois partiram para a pista de dança, onde Emily reconheceu algumas modelos do desfile da semana de moda de Paris, assim como atores de séries inglesas famosas e atletas do Arsenal. O dono da casa era bem relacionado.

Começaram tímidos, ainda novos naquele círculo social. Após quatro músicas e mais algumas taças, contudo, já dançavam de forma extravagante, e os outros membros do grupo se juntaram para curtir a noite.

Sean trouxe Corey, que estava oferecendo a festa, para apresentar aos amigos. Após todo aquele tempo, Emily ainda não havia conversado com o anfitrião.

— Muito prazer em conhecê-lo — disse ela, reparando nos braços delineados do rapaz. Ele vestia uma camisa Prada.

— Então é *você* a famosa Emily O'Connell! Eu te acompanho nas redes sociais. Ótimas fotos!

Emily adorou receber tanta atenção.

— Tenho certeza de que você vai gostar ainda mais de mim pessoalmente.

— Mal posso esperar! — exclamou Corey, desmunhecando um pouco.

Darren assobiou e balançou os dedos, como se estivessem pegando fogo.

— Então quer dizer que você pratica polo? — continuou Emily, virando-se de costas para Darren para não começar a rir.

— Sim! Estou no time da liderança. Já assistiu a alguma partida?

— Ainda não — respondeu ela. — Mas usarei um excelente chapéu quando comparecer a um dos eventos. Sempre invejei as inglesas por isso.

— Imagino que sim — concordou Corey, um tanto sem graça.

Darren aproveitou a deixa para se apresentar, percebendo que a decoração não era a única coisa afeminada naquela casa. Em pouco tempo, os dois conversavam como velhos amigos e flertavam descaradamente.

*A diva me chama para curtir uma noite juntos e agora está tentando checar os músculos do jogador.*

Sentindo-se um pouco sozinha, Emily decidiu se aproximar do parapeito da cobertura para admirar a vista da cidade. Voltariam para Dublin no dia seguinte, e, se Aaron resolvesse voltar com eles, o veria novamente. Tinha o palpite de que ele talvez desistisse de voltar para a Irlanda.

Apesar de suas histórias insensatas sobre Leprechauns, Emily não queria que ele a deixasse.

Não ainda.

Owen percebeu que ela estava sozinha e visivelmente entediada. Sabia que em questões de segundos ela procuraria o americano ou qualquer outro homem ao redor. Aprendera com a convivência que Emily O'Connell não gostava de sair do centro das atenções por muito tempo. Ele esperava aquele momento desde o beijo na casa noturna.

— Olha para cá, princesa! — chamou o rapaz, mostrando a tela do celular.

A ruiva abriu um sorriso, apreciando a atitude. Adorava postar fotos nas redes sociais.

— Ainda acho incrível... — balbuciou Owen.

— O quê?

Fazendo charme, ele se aproximou dela, falando perto de seu ouvido:

— Você fica mais bonita a cada dia. Em um mundo de Photoshop, isso é realmente de se admirar.

— E desejar, pelo visto — disse ela, dando um gole em sua bebida.

Por um segundo, esqueceu-se de Aaron e se deu conta de que beijara o amigo pela primeira vez na noite anterior.

— Sempre achei que poderíamos formar o casal mais bonito da Irlanda — insinuou-se Owen.

— Já imaginou a fortuna de nossas famílias juntas?

— Seríamos indestrutíveis, pequena!

Owen se aproximava cada vez mais, e Emily se inclinou um pouco para trás, sobre o parapeito da varanda.

Ela tentou se afastar da borda do edifício. Owen era bonito, mas seus estilos simplesmente não eram compatíveis. Mesmo depois do beijo.

— Vou compartilhar a nossa foto depois — disse ela, tentando desviar o assunto.

— Talvez pudéssemos dar uma foto mais polêmica para os nossos seguidores. Que tal repetirmos a noite passada?

Emily sentiu vontade de rir. Compreendia o desejo que ele sentia, contudo não conseguia deixar de achar graça da situação.

— Você adoraria, não é?

A ironia da garota mexia muito com ele.

— Sabe, eu estou financeiramente quebrado, mas não te culpo por isso. O que me irrita é ver você cair na lábia desse americano picareta. Ele surgiu do nada, claro que está querendo algo seu.

Emily riu.

— É verdade! Ele realmente quer algo meu. — Olhou para o relógio e percebeu que não era tão tarde. Aaron provavelmente ainda estaria acordado. — Como sempre você é uma comédia, amore! Bom termos nos esbarrado – dizendo isso, deu-lhe um beijo leve no canto da boca e cruzou a varanda, afastando-se.

Pensou em mandar uma mensagem para o americano, mas, quando percebeu, já estava ligando. Cinco minutos ao lado de Owen deixavam claro por que Aaron mexia tanto com ela. Ele sabia como seduzi-la.

— Tive medo de que não ligasse – disse Aaron ao atender, e a frase fez suas pernas bambearem.

Era aquilo que faltava em Owen. Suas emoções fervilhavam toda vez que Aaron falava doce com ela. Gostava do estrangeiro e não podia negar.

— Não deveria...

— Que bom que você sempre quebra as regras.

Ela sorriu.

De um dos corredores, viu que Darren começara a dançar com o anfitrião e jogador de polo, Corey.

— Está se divertindo? – quis saber Aaron.

Não era a noite mais emocionante de sua vida, mas ela sentia que estava aproveitando.

— É esquisito o mundo normal depois de passar um tempo com você.

— Quero te ver amanhã – desabafou o rapaz.

Por alguns segundos, ninguém disse nada, e os dois ouviram apenas as respirações ansiosas um do outro.

— Quero te ver agora... – admitiu Emily.

O coração dela batia mais forte do que nunca. Milhares de pensamentos passavam por sua mente e sabia quanto decepcionaria Darren se fugisse da festa, mas não podia fingir que não queria aquilo.

Quem sabe não ouviria que toda aquela história de Leprechaun havia sido uma brincadeira?

— Você sempre saberá onde me encontrar.

A voz rouca dele, o tom das palavras e as pausas entre cada sílaba soavam sexy. Ela conseguia de fato sentir a presença de Aaron. Era muito mais forte do que ela.

Minutos depois, marchou pela cobertura procurando Darren, que já havia desaparecido. Passou por seus outros amigos, mas ignorou qualquer distração. Devia uma despedida para o melhor amigo.

Encontrou-o dando morangos na boca do inglês e riu da cena.

Foi necessária apenas uma troca de olhares para Darren entender que ela precisava ir. No fundo, ele sabia que não conseguiria distraí-la. Não quando reconhecia que, pela primeira vez, sua grande companheira estava realmente apaixonada.

Chegou à porta do quarto de Aaron e viu seu reflexo no vidro de um quadro no corredor. Parecia um pouco tensa, mas os cabelos emoldurando o rosto fino deixavam-na deslumbrante.

— Você é a visão mais linda... — disse Aaron, ao abrir a porta.

E ela entrou.

## 16.

Quando acordou na manhã seguinte, temeu abrir os olhos. Havia uma grande chance de Aaron não estar mais ao seu lado.

Poucas palavras foram trocadas depois que Emily adentrou o quarto dele no hotel. Tudo aconteceu muito rápido e em uma intensidade jamais vivida. Naquela noite, sentia-se sóbria apesar de ter bebido. Chegara aos seus braços com convicção, e o toque de pele deles simplesmente funcionava. Qualquer palavra de Aaron a levava à loucura. A cada movimento seu, sentia como se fosse atravessada por uma descarga elétrica. Seus beijos não lhe causavam mais falta de ar, só aumentavam a urgência em degustar a boca dele.

Só de pensar em acordar e não vê-lo mais ao seu lado machucava. Trazia a vontade de ser a *velha* Emily de novo, quando era normal dormir com caras que nunca mais veria. Sem arrependimentos, sem mágoas.

*Ele já deve ter feito até o check-in no aeroporto.*

O pensamento a fez despertar. Não tinha noção de que horas poderiam ser, desorientada pela noite de puro êxtase. Sentou-se na cama, cobrindo o corpo nu com um lençol, e uma voz assustou-a.

— Darren ligou avisando que Sean e Fiona foram parar na emergência ontem. Aparentemente beberam vodca russa demais. Vão precisar dormir até mais tarde e acabaram adiando o nosso voo.

A ruiva olhou para o lado e viu Aaron de cabelo molhado, toalha branca na cintura e sem nada no torso. Acabara de sair do banho. O americano olhava pela janela, admirando a vista.

Emily achou aquela a visão mais linda que existia.

— Bom dia — sussurrou ela. No final, Aaron estava ali, falando coisas como 'nosso voo'. Voltou a sentir-se feliz.

— Bom dia, sonho! — respondeu ele, sentando-se na beirada da cama.

A cascata ruiva cobria o corpo magro de Emily, junto com o lençol. O rapaz notou que o cabelo a atrapalhava e colocou uma mecha atrás da orelha.

Ela achou o gesto romântico.

— Você não precisa esconder seu corpo de mim.

Ele estava certo. Tinham passado a noite inteira explorando cada detalhe um do outro. Emily riu e afastou o lençol.

— Eu não quero me esconder de você.

Aaron se aproximou mais uma vez, beijando-a com intensidade. Seus gestos eram tão veementes que ela desejava jamais se separar dele novamente.

— A noite foi maravilhosa — comentou Emily, arriscando demonstrar vulnerabilidade.

— *Você* é maravilhosa — respondeu ele, se levantando.

Aaron atravessou o quarto com a toalha quase caindo, e Emily admirou o abdômen trincado. Não o tinha visto sem camisa até algumas horas antes, e ele era tudo o que imaginava. Esteticamente,

Aaron Locky era perfeito, ainda que ela duvidasse um pouco de sua sanidade mental. Mas, depois daquela noite, estava disposta a relevar quase tudo.

Emily vestiu um roupão do hotel e, pouco tempo depois, a campainha do quarto tocou. Aaron a chamou para o café. Quando entrou na sala, ela maravilhou-se com a disposição da mesa de café, cheia de flores e louça da melhor porcelana inglesa. Tudo parecia de fato um sonho.

— Sente-se, lady!

Os dois repuseram as energias com o banquete. Emily ficou um pouco alarmada com tanta gordura e calorias, mas acabou se permitindo mais uma experiência diferente. Aquele era um típico café da manhã inglês, na verdade parecidíssimo com o irlandês, com bacons crocantes, salsichas gordas e ovos em formato de coração. A jovem não sabia se o hotel costumava prepará-los daquela forma ou se fora um pedido especial de Aaron, contudo achou o detalhe fofo. Sentiu-se parte de um casal. Na mesa também havia tomates e cogumelos fritos, feijão típico e dois sabores de chá.

— Eu não seria capaz de comer tudo isso todas as manhãs — comentou Aaron, divertindo-se com a quantidade de comida e percebendo que ela também observava a mesa.

— Você pediu o café da manhã achando que só viriam muffins, panquecas e cereal ou sabia que serviriam o café típico daqui?

— Eu só estava tentando agradar você...

A expressão dela demonstrou que ele havia conseguido.

— Quando terminarmos, precisaremos nos arrumar. Pedi café da manhã, mas foi um pedido especial porque já passamos do horário do almoço.

— Como você não me avisou? — indagou ela, procurando um relógio à vista.

— Nosso momento não merecia interrupções. E Darren deixou suas malas na entrada para você poder se vestir. Ele é mesmo um bom amigo.

Aaron franziu a testa na última frase.

Emily ficou surpresa por Darren ter conseguido acordar depois daquela festança e ainda ter tido forças para arrumar ambas as malas.

— Ele estava irritado quando as entregou?

— Para falar a verdade, ele me pareceu indiferente quando ligou e quando deixou as malas. Acho que, para ele, o importante é você estar bem. Darren poderia ter mandado alguém do hotel, mas preferiu vir ele mesmo.

*Para ver se eu estava bem.*

Aquilo era típico de Darren, sempre preocupado que Emily se tornasse um alvo fácil na mão de algum mau-caráter. Ela sempre lhe dissera que era sortuda demais para achar um desses.

*Sortuda.*

A palavra a fez lembrar da conversa que preferia esquecer.

Mas não conseguia.

— Às vezes acho que a sua mente divaga para algum lugar mágico...

*Mágico. Por que ele sempre precisa usar esses termos?*

— Estou pensando em como estou feliz — flertou ela.

— Se realmente está, acho que podemos nos atrasar um pouco.

Ele se levantou e a puxou para junto de si, e ela se pendurou nele com as pernas enlaçadas em sua cintura.

Beijando-se, os dois voltaram para o lençol bagunçado de tecido egípcio e se amaram outra vez, como se não existisse mais nada além deles.

Naquele momento, havia apenas a energia, o poder e a conexão inexplicável.

Uma magia que Emily não podia negar.

— Espero que não tenha rasgado aquele Oscar de La Renta maravilhoso — resmungou Darren quando a encontrou sorrindo no saguão do hotel. Pouco depois, todos entraram na limusine que os deixaria no aeroporto.

Pela aparência dos amigos, a farra havia se intensificado após a saída de Emily. Raramente os vira tão acabados, com expressões de ressaca como aquelas.

— Melhoraram? — perguntou Emily para Sean e Fiona.

Sean balançou a cabeça tentando demonstrar que sim, mas Fiona apenas bufou. Manteve uma expressão raivosa por debaixo dos óculos Gucci gigantescos. Seu maxilar estava travado, e as sobrancelhas, franzidas.

O clima de tensão era bastante óbvio.

Aoife quase não havia interagido com Emily durante a viagem e continuava com a rotina de trocar mensagens com o noivo pelo celular. Cara observava as unhas, demonstrando tédio. Owen se isolara em seus fones de ouvido, parecendo mal-humorado, e Darren analisava Aaron o tempo todo.

— Este carro está bem animado hoje — comentou Emily, tentando levantar o astral após um tempo de silêncio.

— É... Porque é exatamente *isso* que tem sido estar do seu lado, não? — resmungou Fiona, com a voz travada pela raiva. — Também estava animado ontem lá no hospital, sabe? Onde será que a nossa querida amiga estava nessa hora, não é?

Emily não esperava por aquela resposta. Tinha ficado um pouco ausente do grupo, mas, com a exceção de Aoife, nunca fora tão próxima das meninas. Ser desrespeitada na frente de todos e, principalmente, de Aaron, não era aceitável. Tinha a própria vida e nem sabia do que acontecera até poucas horas antes. Não entendia o motivo da fúria da garota.

Darren percebeu que a situação poderia ficar feia. Conhecia bem as duas e sabia que explodiam depressa.

— Comentário infeliz, Fiona! Desse jeito, você vai continuar ogra... — Foi o que ele conseguiu dizer brincando com o nome dela, a postos para o caso de precisar pular entre as duas.

— Claro que o cachorrinho dela veio defender.

Darren mudou de expressão. Owen tomou a dianteira:

— Gente, todo mundo aqui está quebrado! Ninguém gostou de passar a noite de ontem no hospital. Foi uma bosta. Então vamos tentar manter os ânimos menos exaltados, ok? — disse, focando o olhar em Emily quando mencionou a noite.

Todos eles eram conhecidos pelos tabloides por gastarem as fortunas dos pais, e a notícia de que dois membros do grupo tinham acabado a noite em um hospital londrino seria catastrófica para a imagem das famílias. A mídia nem sequer havia esquecido o incidente financeiro de Owen.

— Ânimos exaltados o caramba! — continuou Fiona. — Ela desapareceu durante quase toda a viagem e nem parece mais a mesma pessoa! E, quando estamos todos juntos, tudo gira em torno dela. E desse aí — disse, apontando para Aaron. — Estou cansada disso! Emily O'Connell deixou de ser a Queen B para mim. Então não me venha falar que esse carro não está animado, pois você é a culpada disso.

Emily sentiu o sangue ferver.

— Quem você pensa que é para falar assim comigo, garota? *Nunca* se dirija a mim novamente nesse tom! Se você teve uma noite horrorosa é problema seu, que tem uma vida de merda tentando me copiar e perde a referência quando eu não estou!

— Desencana, pessoal! — gritou Aoife, deixando por alguns segundos o telefone que não parava de apitar. — Estamos chegando ao aeroporto, e pode ser que haja fotógrafos por lá.

— Danem-se os fotógrafos! — Fiona exaltou-se, arrancando os óculos e revelando as olheiras. — Que eles registrem que a herdeira da O'C não passa de uma rodada que está lambendo o chão de um americano exibido.

— Pode falar o que quiser de mim. Dane-se. Mas não fale assim dela, ok? — Aaron entrou na conversa.

— Cara, é melhor ficar na sua e deixar as meninas resolverem — interferiu Owen.

Naquele momento, o carro era um ringue, e eles não sabiam quem daria o primeiro golpe.

— Tomara que tenham tirado uma foto sua caída em coma alcoólico. Vai ser lindo ver a *princesinha dos vegetais* mostrando a falta de pureza do campo.

Emily sabia o quanto Fiona odiava o apelido de "princesinha dos vegetais" que a mídia lhe dera por causa do segmento explorado pela família, raro no país. Também não gostava de ser lembrada de que não havia nascido em Dublin, mas em uma cidade minúscula na ilha, afastada da capital.

— Não me convidem mais para essas viagens patéticas — exigiu Fiona. — Eu poderia estar velejando na Grécia, mas, infelizmente, estou presa nesta cidade cinzenta com a garota mais egocêntrica da Irlanda. E vou lhe dizer uma coisa: um dia, quem sabe você consiga um Claddagh, assim como a Aoife! Talvez nesse dia você não precise mais olhar com tanta inveja para o anel dela! Ou, melhor ainda: você pode pedir para o Aaron lhe comprar um, que tal? Então nós vamos confirmar quem aqui neste carro copia quem!

Emily não precisou de mais nada para voar de seu assento em direção a Fiona. Aaron e Darren as seguraram pela cintura para tentar evitar que agredissem uma a outra, mas puxões de braços e cabelos, gritos, choro e muitos palavrões foram ouvidos nos minutos seguintes. Se houvesse paparazzi no aeroporto, eles teriam um belo show para registrar.

Dentro da limusine, havia começado uma guerra. Aos poucos, os esforços dos rapazes para apartar as duas garotas se tornaram inúteis, e logo ninguém mais sabia quem empurrava, puxava, batia ou gritava. Aoife era quem mais se esgoelava, parecendo uma criança.

— Eu juro que, se não estivéssemos neste carro, eu quebrava a sua cara invejosa — esbravejou Emily para Fiona, em um momento de pausa na gritaria geral.

Estavam chegando à área de acesso aos jatos particulares quando os amigos conseguiram afastar as duas descabeladas, na busca por alguma dignidade.

— Eu, ao contrário, vou fazer isso agora!

Fiona flexionou o braço direito e o projetou com o punho fechado em direção ao nariz da ruiva. O golpe foi completamente imprevisto e não haveria como Emily se desviar do soco que estava prestes a levar.

Mas então aconteceu *de novo*.

Emily se virou quase sem querer, desviando o rosto por questão de milímetros do que era para ser um golpe certeiro. O punho de Fiona foi direto de encontro ao encosto do assento do veículo. Para seu azar, a região onde o golpe acertou tinha uma proteção reforçada e todos ouviram o "crack" de algum osso da mão da garota se partindo.

O berro de dor invadiu o interior do veículo.

— Eu não acredito que isso está acontecendo! — resmungou Darren. — Juro que se meu suéter se sujar de sangue vou mandar todos vocês limparem com a língua!

Mas logo ficou claro que a situação era realmente grave e um pedaço de osso perfurava a epiderme de Fiona. Cara sentiu ânsia de vômito.

— Segura aí, Cara! Não dá para aguentar uma com a mão quebrada se matando de chorar e outra vomitando — reclamou Sean.

— Vamos sair do carro e procurar uma emergência — disse Aaron, preocupado.

— Até que enfim o gringo falou alguma coisa que preste — completou Owen, sem perder a chance de alfinetar o rival.

Antes de saírem da limusine, Aoife se controlou e perguntou:

— E se tiver paparazzi?

Fiona quase usou a outra mão para bater nela também.

— Eu estou aqui morrendo de dor e você se preocupando com *isso*? Essa feiticeira conseguiu se livrar de mais uma encrenca e estou pouco me importando se me filmarem! Já estou encrencada com meus pais, sua retardada! Agora vou ter que passar por uma cirurgia. Dane-se se tirarem fotos minhas. Talvez assim vejam quem essa garota realmente é, e nossa amizade acaba aqui!

Ninguém sabia como Fiona conseguia discursar com tamanha dor. Saíram do carro, e o motorista retirou depressa todas as malas, parecendo querer fugir da situação.

Emily permaneceu quieta. Fiona tinha certa razão. Ela não era feiticeira, mas não podia mais negar que as coisas aconteciam a seu favor. Escapar daquele soco fora uma felicidade improvável, e ver a outra urrando de dor a fez pensar. Trocou um breve olhar de compreensão com Aaron.

Aquele era claramente o resultado de um golpe de... *sorte*.

— Temos que ser lógicos agora — começou Aaron, sentindo-se o mais maduro ali. — Um jato com uma tripulação está nos esperando e um de nós está com a mão quebrada. Sugiro que parte do grupo volte para casa e tente avisar a família de Fiona, e o restante de nós deve ficar com ela para levá-la a um hospital.

— Vocês vão ter coragem de ir embora com ela assim? — disse Cara, alisando o cabelo de Fiona, que abraçava a mão.

— Tenho certeza de que Fiona não quer a nossa presença aqui. Podemos ir de voo comercial para Dublin, sem problemas, mas o importante é que entrem em contato com o jato e a levem para o hospital. Dependendo do que aconteceu, pode ser um estrago irreversível.

O último comentário fez Fiona chorar com mais intensidade. Emily continuava muda e ainda mais branca do que o normal.

— Como você pode falar uma coisa dessas perto dela? — exaltou-se Sean.

— Se ela fez isso com a própria mão, imagine se o soco tivesse pegado? Como Emily estaria? Ninguém está pensando nisso.

Owen partiu para cima de Aaron.

— Sem mais um passo! — intrometeu-se Darren. A voz do rapaz até engrossou por causa da raiva. — Já houve confusão demais para uma tarde. Aaron está certo. Precisamos levar Fiona *agora* para o hospital. Cara e Sean, entrem com ela na limusine e partam para o mesmo hospital de ontem! Motorista, coloque todas as malas de volta no bagageiro, menos essa Louis Vuitton e a Balenciaga. Owen e eu encontraremos vocês lá depois que dispensarmos a equipe do jato. Vamos tentar deixar a aeronave à disposição, caso a família dela prefira que seja operada em território irlandês. Vou ver também se consigo outro quarto no Ritz para nós.

Darren deu um longo suspiro antes de continuar.

— Acho melhor vocês voltarem mesmo pra casa. Dá pra ver na cara de fantasma da Emily que ela também não está bem. Tenho certeza de que arranjarão um bom voo. Deixem os celulares ligados depois que chegarem.

Os amigos se entreolharam. Era óbvio que Emily não queria que Darren ficasse sozinho, ainda mais depois de tê-lo deixado na noite anterior. Mas ambos sabiam que era o melhor a fazer.

Cara, Sean e Fiona partiram com o motorista sem despedidas. Owen seguiu para o acesso VIP e Darren se aproximou da ruiva.

— Cuide-se, ok?

Eles se abraçaram e ela não teve vontade de soltá-lo. Queria ficar agarrada naquele abraço e chorar.

— Cuidarei dela — disse Aaron, observando os dois.

Darren se separou do enlace e encarou o americano.

— É o mínimo. — Virando-se, foi ao encontro de Owen e deixou o restante do grupo para trás.

— É melhor procurarmos um voo — lembrou Aaron.

Os dois pegaram as malas e foram comprar suas passagens de voos comerciais. Emily não sabia o que pensar sobre os últimos acontecimentos. Queria fechar os olhos e dormir por uma semana.

No entanto, o barulho dos ossos partindo-se a lembrava de que teria que começar a encarar a realidade.

Talvez fosse mesmo um Leprechaun.

RELATÓRIO TL          N° 590.687.685.568.443

*Para a excelentíssima Comissão Reguladora*

*Assunto:*
RELATÓRIO DE FAMÍLIAS LOCALIZADAS • *Última atualização* •

Foram identificadas no último mês mais quatro famílias, totalizando-se onze novos indivíduos a serem monitorados.

Os agentes alertaram três delas, mas ainda preparam o território para a notificação da quarta. As situações são estáveis e não há risco de vazamento de informações.

*Localização das famílias:*
    Georgetown – Washington DC – EUA
    Las Condes – Santiago – Chile
    Old Town – Praga – República Tcheca

*Total mundial de famílias localizadas:*
    5.921

*Total mundial de indivíduos localizados:*
    15.783

*Total mundial de indivíduos cientes:*
    9.110

## 17

Emily ficou calada durante quase todo o trajeto. Aaron compreendeu sua angústia e evitou pressioná-la. Tinham conseguido as passagens e ficado pouco tempo no aeroporto à espera da aeronave. Logo chegariam à Irlanda, onde seriam recebidos por um carro já reservado.

Aaron certificou-se de ligar para Darren e deixá-lo a par de tudo enquanto estavam no saguão de espera. Descobriu que os outros pernoitariam em Londres por conta da operação de Fiona e que a família dela chegaria à noite. Todos voltariam no dia seguinte.

Aaron reportou tudo para Emily, que manteve os olhos fechados, parecendo triste. Ela só desabafou quando entraram no carro, a caminho de casa.

— Eu quebrei a mão da Fiona... Eu realmente quebrei a mão dela, Aaron! Todo mundo viu que eu não esperava por aquele soco. Que era impossível eu me esquivar. Como eu escapei? Diga-me! Como?

As lágrimas transbordaram dos olhos verdes, e o nariz dela ficou vermelho. Tinham que tomar cuidado com o que diziam, pois o motorista estava presente. Aaron entendia por que ela enfim resolvera desabafar. Logo Emily estaria em casa e não poderia conversar com mais ninguém.

— Eu já disse o motivo.

— Como eu pude fazer isso com ela?

Dessa vez, Aaron foi menos paciente.

— Ela ter quebrado a mão não foi culpa *sua*! Fiona estava irritada, com raiva e inveja, uma combinação terrível. Não devia ter te atacado. Se seu dom a protegeu de levar um soco no rosto, que ótimo! É incrível, aliás, como você consegue se defender usando a energia sem qualquer treino. Nunca se condene por deixar sua sorte te defender.

— Eu não quero machucar as pessoas desse jeito.

— Mas as pessoas vão tentar machucá-la. Lembre-se disso.

O carro parou e eles viram a mansão dos O'Connell ao fundo.

— Quer que eu entre com você? — perguntou Aaron.

Emily não queria aparecer de repente em casa acompanhada de alguém que se dizia dotado de *sangue Leprechaun*. Já tivera um dia traumático o suficiente.

— Não, estou bem... — sussurrou.

Ele entendeu.

— Tente descansar hoje! Foi uma viagem intensa.

Ambos sorriram de leve, perdidos em pequenas lembranças da noite anterior.

— Quando poderei te ver outra vez? — quis saber ela.

O sorriso de Aaron ficou mais largo.

— Que tal amanhã às duas horas no Dublin Castle? Gostaria de conversar com você no jardim.

— Até as duas horas no Dubh Linn Gardens, então.

Antes que ela saísse do carro, Aaron a puxou e a beijou.

Nesses breves segundos, ela se sentiu perdida no poder do rapaz, mas logo eles se afastaram, e Emily vislumbrou outra vez a construção à sua frente.

Depois de todas as revelações, via sua casa agora como um lugar diferente.

Vinha descobrindo que ela própria estava mudando radicalmente.

Havia chegado há algumas horas quando ouviu o barulho da porta de entrada no andar inferior da casa. Sempre achara a acústica da casa horrível, mas naquele momento encontrou uma utilidade para ela. Estava ansiosa para rever os pais.

Tentou não pensar em nada enquanto esperava. Ainda estava em choque por causa do soco de Fiona. O mordomo levara sua mala para a lavanderia, e uma das empregadas preparara seu banho. Permaneceu mais de quarenta minutos jogada na banheira de olhos fechados, ouvindo os sucessos de uma de suas cantoras favoritas e tesouro nacional irlandês, Enya. Depois, jantou no quarto enquanto assistia a um episódio aleatório de uma série de comédia americana.

Quando ouviu os pais entrarem, esperou que o mordomo os recebesse antes de ir falar com eles. Ela não os havia informado de quando voltaria.

Ouviu os passos na escada, retirou o prato vazio da cama e o colocou de volta na bandeja.

Mesmo com a porta aberta, eles bateram antes de entrar, respeitosos.

– Quer dizer que a nossa filha revoltada voltou? – comentou o pai quando ela os chamou para entrar.

– Não faço o tipo revoltada – brincou Emily.

— Sem dúvida também não faz o tipo recatada — completou a mãe.

Ambos sentaram-se na cama espaçosa e ficaram observando a filha por um tempo. Emily começou a se sentir analisada e ficou um pouco desconfortável.

— Já sabíamos que estava em casa... — disse Claire, séria.

Aquilo a entristeceu. Estava há mais de três horas dentro da mansão e estranhara a demora dos pais.

— Acho que eu estava com mais saudades do que vocês, então.

O pai fechou a expressão.

— Recebemos a ligação de um repórter quando estávamos na fábrica, supervisionando nossa confecção. Ele queria saber se tínhamos interesse em comentar o fato de Fiona Brennan ter fraturado três pontos da mão ao tentar socar a minha filha quando voltavam à Irlanda.

Emily não escondeu a surpresa.

— Por que um repórter ligaria para vocês para perguntar isso? Como é que eles já estão sabendo?

— A pergunta deveria ser: por que a filha dos Brennan, que frequenta a nossa casa desde pequena, resolveu te dar um soco? E por que soubemos disso por repórteres?

Emily ficou envergonhada. Não tinha achado necessário ligar para os pais ao chegar em casa. Como tudo havia ocorrido em Londres e eles não tinham visto nenhum paparazzo por lá nem no aeroporto de Dublin, imaginara que a história seria abafada. Também não postara nenhuma foto mostrando estar de volta à cidade.

*Será que algum jornalista me viu e foi descobrir por que os outros não voltaram também?*

— Vocês estavam tão preocupados com a minha ida que disseram que eu deveria ficar em casa. Pois bem, estavam certos. Durante a viagem, a Fiona bebeu demais, ficou estressada comigo e tentou me bater.

— Ela errou o soco? — questionou a mãe.

— Sei lá. Vai ver foi azar — desconversou Emily.

No instante em que terminou de falar, percebeu a troca rápida de olhares entre os pais e a respiração pesada do patriarca.

— Você tem que parar de fazer essas coisas. — Padrigan recriminou-a de um jeito que quase nunca fazia. — Precisa começar a levar a vida mais a sério. Não podemos mais deixá-la brincar com o seu futuro.

Emily achou graça.

— Levar a vida a sério? Pai, você devia ter dito essas coisas quando eu tinha uns doze anos e já fazia o que bem entendia! Agora vai me recriminar?

— Enquanto morar no meu teto e se sustentar com o meu dinheiro, sim!

Padrigan nunca havia se dirigido à filha daquela maneira. Para a surpresa de Emily, Claire não esboçou reação. Emily estava chocada, não entendia as atitudes dos pais. Parecia que o casal de hippies que a tinha criado não estava mais ali naquele quarto.

— Depois do dia que eu tive, não acredito que você tem coragem de me dizer isso.

Segurou-se para não chorar. Não queria demonstrar fragilidade para os pais. Se queriam pegar pesado, ela receberia a bronca como adulta.

— Não confunda as coisas! Nós queremos o seu bem.

Emily respirou fundo pelo menos três vezes antes de tentar falar.

— Eu acredito nisso. Só não sei o que pensar... Vocês nunca agiram assim comigo.

Tinha medo de encarar o pai e manteve os olhos fixos na vista da janela. Já sofrera de tantas maneiras naqueles dias que duvidava que sua suposta sorte quisesse permanecer a seu lado.

— Você voltou com mais alguém? — quis saber Padrigan.

O tom de suspeita do pai fez parecer que ele tinha alguma informação que não queria revelar. Ela costumava ser sempre transparente com eles, mas preferiu mentir.

— Vim sozinha. Darren achou melhor ficar em Londres para não deixar a Fiona com a lesada da Cara, a avoada da Aoife e os dois patetas.

Notou pela expressão de ambos que eles não acreditavam.

— Você acabou de insultar todos os seus melhores amigos — comentou a mãe de forma estranhamente ríspida.

Para Emily, o período antes da viagem para Londres e o retorno haviam sido os piores momentos que passara com os pais.

— Darren é meu único amigo. Vocês deveriam ficar ao meu lado nessa história. Quase quebraram meu nariz hoje e vocês nem perguntaram se eu estou bem. Não sei o que aconteceu nos últimos tempos para estarem tão diferentes e tensos, mas sei que estou exausta e preciso dormir.

O pai ainda não parecia satisfeito.

— Então você voltou mesmo sozinha?

— Eu voltei sozinha — respondeu Emily, devolvendo o olhar irritado.

— Não se esqueça de que precisamos ter uma conversa séria agora que você está de volta. Venha nos procurar quando estiver descansada.

Padrigan levantou-se, seguido por Claire. Nenhum dos dois se despediu da filha. Nem pareceram se importar com seu abalo. Eles apenas partiram, fechando a porta e deixando Emily para trás.

Mil perguntas lhe passaram pela mente, e temia quaisquer que fossem as respostas.

## 18

Adormeceu sentada, recostada nos travesseiros de sua cama, sem ter conseguido fazer mais nada depois que os pais saíram do quarto. Quando acordou, a mente continuava pesada por causa do desenrolar dos acontecimentos. Emily imaginava que o comportamento estranho dos pais tivesse algo a ver com sua conversa com Aaron sobre serem Leprechauns. Talvez eles estivessem mesmo escondendo informações a respeito da fortuna da família, por isso, antes de encontrar o americano no castelo da cidade, resolveu investigar a respeito do que ele dissera.

— Eoin, querido! — chamou pelo interfone do quarto. — Meus pais estão em casa?

— Eles saíram cedo para trabalhar, senhorita.

— Só vou sair do quarto mais tarde. Poderia pedir para prepararem uma salada para mim e um suco *detox*, por favor?

O mordomo assegurou-lhe de que logo tudo estaria pronto.

Decidida a pesquisar sobre Leprechauns, Emily pegou o macbook jogado ao pé da cama para ver se a internet lhe mostrava algo menos folclórico e mais próximo de um conceito. O Leprechaun era um símbolo de seu país, mas no fundo ela nunca se preocupara com o significado de suas lendas, que para Emily resumiam-se a histórias de ninar e produtos vendidos nas lojas turísticas. Apenas uma pequena porcentagem dos irlandeses contemporâneos levava a sério as fábulas de sua própria terra. Se acreditassem em tudo que se dizia por lá, fadas e espíritos rondariam toda a Irlanda. De tudo que envolvia a tradição em sua cultura, Emily admirava os trevos e seus significados. Achava poético St. Patrick, patrono do país, ter usado um trevo shamrock para explicar a Santíssima Trindade para a população, comparando três folhas presas a um caule a Deus em suas três faces. St. Patrick conseguiu convencer reis a se converterem ao catolicismo. Os irlandeses tratavam-no como símbolo máximo da religião, mesmo tendo sido raptado da Inglaterra por piratas. O missionário inglês exercia de fato algum poder sobre o povo irlandês.

*Um poder de verdade.*

Abriu uma janela de busca no browser e digitou "Leprechaun". Em poucos segundos, diversos sites mostravam o mesmo significado. Figuras mitológicas do folclore local, descritos como homens bem pequenos que tinham a função de sapateiros do povo das fadas. Também conhecidos como duendes ou gnomos, eram considerados guardiões de tesouros escondidos. Muitos humanos tinham a intenção de capturar essas criaturas para localizar suas fortunas. Descritos como alegres, vestiam roupas verdes pomposas, um barrete vermelho ou um chapéu estranho de três pontas. Alguns usavam avental de couro e sapatos com fivelas.

— Eu nunca me vestiria assim — ironizou Emily, lendo e relendo o conteúdo de diversos links.

Em suas pesquisas, leu que Leprechauns tomavam conta de potes de ouro no final de arco-íris e que, caso capturados, eles poderiam comprar sua liberdade com esse ouro.

*Aaron disse que o toque de ouro fica em um local físico.*

Emily percebeu que algumas informações faziam sentido na teoria explicada pelo americano e que, apesar de os Leprechauns serem muito conhecidos, havia pouca informação disponível sobre eles. Os sites apenas repetiam dados sem muito valor. Aquilo a intrigava. Por que se sabia tão pouco sobre essas criaturas místicas tão populares? Pesquisando sobre fadas, elfos e bruxas, encontrou milhares de conteúdos diferentes, mas, sobre os Leprechauns, só havia características físicas ou explicações sobre a lenda do pote de ouro.

Logo recebeu sua salada e enquanto comia resolveu assistir a um dos poucos filmes que encontrou sobre o tema. Curiosamente, aquela era também a estreia de Jennifer Aniston no cinema. O filme *O duende*, ou *Leprechaun*, contava a história de um Leprechaun perverso, que não seguia as regras e assassinava qualquer um que tentasse se aproximar de seu ouro. Era sem dúvida uma versão muito mais sinistra do que qualquer coisa que se pudesse imaginar sobre as criaturas.

Ao terminar a refeição, Emily já tinha visto mais do que precisava e percebeu que aquela versão dos homenzinhos vestidos de verde não era a sua preferida. Ver aquele filme até o final sem dúvida não a ajudaria na busca por respostas.

*O que diabos é a essência de toda essa alegoria?*

Como estava quase na hora de seu encontro com Aaron, resolveu se arrumar. Tinha aproveitado para pesquisar sobre o incidente com Fiona na internet e vira muitos sites de fofoca estampando fotos retiradas de suas redes sociais para elaborar textos e hipóteses sobre o que tinha de fato acontecido. Para a sua alegria, Aaron não era mencionado, embora isso fosse um pouco estranho. Ele havia sido quase um estopim para a briga. Se a história vazara, era estranho que não se falasse sobre o rapaz. Começava a acreditar ainda mais no seu poder.

Verificou a aparência no espelho. Aproveitou para tirar uma foto do look do dia, pois estava em dívida com seus seguidores. Sua vida mudara. Nem mesmo os milhares de comentários em suas fotos a satisfaziam mais.

Antes de sair do quarto, ligou para Darren.

— Que inveja de você agora — disse Darren ao atender.

— Do que você está falando, amore?

— Passei um tempão no hospital para saber notícias daquela tonta da Fiona e, quando cheguei no hotel, fui bombardeado por fotógrafos. Não sabia que a imprensa marrom daqui se importava tanto conosco.

— Esqueceu que sou quase a Paris Hilton irlandesa e você é meu parceiro no crime? Pelo visto você não conseguiu descansar, então.

— Nem um pouco. Dormi algumas horas, mas logo os meninos me ligaram para avisar que ela tinha sido liberada. Disseram que, se ela seguir as orientações médicas, vai recuperar os movimentos em alguns meses.

Emily ainda achava aquilo tudo surreal.

— Mas que idiotice da Fiona — desabafou.

— Concordo! E pior que ela está se fazendo de santa para os pais, que estão putos com todo esse rebuliço. Queriam até processar você, mas claro que tivemos que intervir e explicar que, no final, você não fez nada contra ela.

— Quem mais interviu? — quis saber a ruiva.

Darren hesitou antes de responder.

— Owen me apoiou na hora. Ele não gosta do seu amiguinho gostosão, mas nunca iria deixá-la na mão, você sabe. Sean também te defendeu. Cara ficou o tempo todo do lado de Fiona, instigando o processo, mas isso já era de se esperar.

— E Aoife?

Ela sabia a resposta. No final, a amiga não se importava mais com ela.

— Ela nem se manifestou, Emmy! Ficou o tempo todo falando com o noivo ao telefone e não ajudou em nada. Não sei o que está acontecendo com as mulheres desse grupo! É você aí superapaixonada pelo forasteiro, Aoife dependente do noivo fantasma e Fiona dando uma de louca dramática. E depois eu que sou a bicha má! Isso tudo está mais chocante do que a minha novela mexicana, que, *aliás*, estou perdendo! Ainda bem que nasci menino. Não aguentaria todos esses hormônios.

Emily teve que rir.

— Achei estranho não terem comentado sobre o Aaron nas notas de imprensa.

— Acabou sendo um consenso do grupo. Se Fiona não mencionasse o nome dele, também não falaríamos. Achamos que não havia muito o que dizer. Nunca fotografamos tão pouco em uma viagem, e, na Boujis, ninguém registrou o beijo de vocês.

Ficou feliz porque pelo menos seus pais poderiam acreditar que ela voltara sozinha.

— Estou com saudades — declarou, voltando a se observar no espelho.

— Também estou. Preciso ir logo aí espantar o lobo mau de cima de você.

Eles riram.

Darren informou que pegaria o jato com todo o grupo, incluindo os pais de Fiona, em algumas horas. Combinaram de se falar no fim da tarde. Emily achou melhor não dizer que estava saindo para encontrar o *lobo*.

O motorista da família a deixou na Castle Street, e Emily seguiu a pé pela rua e atravessou o jardim. O Dublin Castle não era um castelo tradicional, mas um grande forte construído pelos anglo-normandos no século XIII. Ao entrar, ela se lembrou da história da cidade e daquela construção, chave fundamental na defesa da população. A palavra Dublin é uma variação de *Dubh Linn*, termo oriundo do gaélico que significa "piscina negra". O nome é uma referência ao lago de águas escuras que havia ali, surgido da confluência dos rios Poddle e Liffey. Ao longo dos anos, o lago se transformara no jardim onde ela havia combinado de encontrar Aaron.

Aquele castelo já servira a inúmeros propósitos desde sua construção. Havia sido um forte militar, uma prisão, abrigo do tesouro nacional, tribunal de justiça, recebera a realeza mundial e por setecentos anos funcionara como um prédio de administração inglesa sobre a Irlanda. Quando o país se tornou independente, a posse do Castelo foi transferida para Michael Collins, líder revolucionário irlandês.

De formato retangular, o Dublin Castle ocupava todo um quarteirão. As pedras cinzentas no chão diante do conjunto de edifícios formavam desenhos no caminho, e os fortes eram solidamente construídos com tijolos marrons. Dentro do prédio, a galeria de St. Patrick, a sala do trono, a sala de estar do aparato, dentre outros salões, estavam abertas a visitação. De cada lado do retângulo, erguiam-se torres de pedra que na verdade eram as únicas partes sobreviventes do castelo original, datado de 1228. Tudo ao redor de Emily era marrom, cinza e branco. Alguns turistas solitários passeavam e fotografavam, e um grupo pequeno seguia um guia que explicava fatos históricos em troca de gorjetas no final do tour.

Ao passar por eles, Emily ouviu o guia magricelo relatar um fato curioso.

— Em 1907, um roubo no castelo recebeu cobertura internacional. Os famosos distintivos da Ordem de St. Patrick, conhecidos como Joias da Coroa Irlandesa, foram roubados da Torre Bedford pouco antes de uma visita do Soberano da Ordem, o Rei Eduardo VII. O paradeiro desses distintivos permanece desconhecido até hoje.

Seguindo em frente, Emily se perguntou se aquelas pedras não seriam o *final do arco-íris* de algum Leprechaun.

*Será que alguma família roubou os distintivos com o intuito de se apropriar da energia de algum Leprechaun poderoso da época medieval e os mantém até hoje?*

Olhando a construção, lembrou-se de sua visita ao interior do castelo durante o período escolar, e a sensação de êxtase que sentira no dia retornou. Era impressionante a quantidade de ouro, quadros famosos e tecidos de luxo dos aposentos. A princesa dentro dela havia despertado naquela inocente visita.

Observando a estátua da justiça, que ficava acima da Cork Hill Entrance e literalmente dava as costas a Dublin — um ícone de desdém à cidade, de acordo com a maioria de seus cidadãos —, Emily olhou para o relógio incrustado de Swarovskis e viu que eram quase duas da tarde. Precisava se apressar.

Sentiu uma paz diferente ao ver o gramado redondo dos jardins. Ele era único. Na grama, linhas desenhadas formavam um emblema celta. Bancos de madeira com símbolos Ogham, que pertenciam ao sistema antigo de escrita irlandesa, tinham sido posicionados ao redor, além de peças de arte coloridas que serviam como um monumento aos Jogos Paralímpicos de 2003.

Por ficar escondido atrás do castelo, muitas pessoas não conheciam o parque Dubh Linn, que acabara se tornando um espaço para pouso de helicópteros. Entretanto, a área era popular entre os funcionários dos escritórios no entorno durante o horário de almoço. Emily não sabia muito bem como Aaron o conhecia, mas gostara de sua escolha. De repente desejou desbravar todos os cantos de sua cidade. Aaron lhe abria os olhos para muitas coisas.

Sentou-se em um dos bancos vazios e esperou.

— O que é um ponto vermelho no meio de um mar esverdeado?

Ela levou um susto.

— Aqui antes era um lago, não um mar — brincou a ruiva.

— Independentemente disso, você continua sendo um ponto vermelho numa imensidão verde. Demorei?

— Não. Atravessei o castelo e acabei me lembrando de um passeio que fiz com a escola para cá. Muitos acontecimentos históricos ocorreram aqui. Adorei voltar.

— Parece que estou te deixando sentimental, Emily O'Connell — disse Aaron, feliz.

— Muita coisa mudou desde o dia de St. Patrick.

Aaron concordou e sentou-se ao lado dela.

— Eu tinha pressentido que deveríamos nos encontrar aqui, mas, agora que você falou do seu patrono, tive uma ideia.

— Tenho medo das suas ideias — comentou Emily.

— Você não precisa ter medo de mim. Estou aqui para guiá-la.

— Só isso?

Aaron aproximou-se de Emily e sussurrou no ouvido dela:

— Não, muito mais do que isso.

Enfim puderam desfrutar com calma do primeiro beijo desde a noite de amor em Londres.

Aaron a beijou com ansiedade, chegando a deixá-la tonta. Os dois tinham uma química forte e, sempre que o beijava, Emily se sentia entorpecida.

— Você deixa minhas pernas bambas...

Foi o que ela conseguiu balbuciar após se separarem.

— Então se agarre em mim.

Emily segurou a mão grande dele e encarou seus olhos expressivos. Esqueceu-se completamente da possibilidade de estar sendo fotografada. Queria apenas se perder no abraço daquele homem.

— Você acabou me desconcentrando — retomou ele.

— Do pressentimento que teve?

— Na verdade, da ideia que acabei de ter.

Duas crianças passaram correndo seguidas pela mãe, interrompendo outra vez a linha de raciocínio dele.

— Acho que é melhor caminharmos até a catedral de St. Patrick. Que tal? — sugeriu Aaron.

Emily não costumava ir a nenhuma igreja, mesmo achando a arquitetura daquela particularmente deslumbrante, mas percebeu a empolgação dele.

— Por que não? — disse a ruiva. Ele abriu um sorriso ainda maior. — Mas acho bom conversarmos novamente sobre as suas teorias esdrúxulas... — O sorriso dele entortou.

— Você está falando sobre termos uma herança Leprechaun?

— Estou falando sobre estar *começando* a acreditar que as suas loucuras podem ter um fundo, bem pequeno, de verdade... e sobre estar... apaixonada por você.

Aaron observou os arredores para conferir se ninguém escutava a conversa deles.

— Primeiro: esse fundo de verdade é bem maior do que você imagina.

— E segundo... — incentivou ela.

— Segundo... — Ele suspirou. — Eu também estou apaixonado por você.

O coração dela quase saiu pela boca. Era a primeira vez que expressava sentimentos amorosos e se descobria correspondida.

Faltava descobrir o que restava de loucura em todo aquele fundo de verdade.

## 19

Saíram pela lateral da biblioteca Chester Beatty, rumo à Sheep Street Little. Poderiam ir andando até a catedral de St. Patrick.

Passearam de mãos dadas, observando os prédios de cinco andares com tijolos evidentes e cercas pintadas de branco. Havia pouco movimento nas calçadas, quase nenhum carro passava. Raramente viam um turista. Levaram menos de dez minutos para chegar ao quarteirão guardado por uma fina cerca preta, naquele momento aberta. Havia árvores de folhagens vistosas como o gramado de Dubh Linn enfileiradas em uma das laterais da construção. Do outro lado, assomava a belíssima visão da catedral e do parque ao redor, sem nenhum bloqueio.

Era uma vista de tirar o fôlego.

Além de ser a maior catedral da cidade, a St. Patrick também era considerada a igreja nacional da Irlanda. Construída no local onde St. Patrick batizou os primeiros cristãos convertidos, fora aberta ao público no século XII e ainda se mantinha firme e forte. Muitos pais de amigos de Emily gostavam de frequentá-la. Os dela raramente iam.

O exterior da catedral, com seu estilo arquitetônico gótico irlandês, era alvo frequente das diversas fotos registradas pelos turistas estrangeiros, e mesmo os habitantes de Dublin, ao passar pela região, não conseguiam deixar de admirar a cinzenta torre principal, as janelas em arcos altos, as vidraças e o relógio solitário.

Emily conhecia o interior da igreja, onde ficava o maior órgão da Irlanda, além de ornamentos datados do século XII. Jonathan Swift, autor de *As viagens de Gulliver*, tinha sido enterrado ali, assim como sua esposa.

Os dois atravessaram o jardim e se sentaram em um banco com vista para a torre principal. Crianças brincavam, observadas pelas mães e babás. Aquele era um ambiente tomado por uma tranquilidade fora do comum, por isso muitos habitantes procuravam os bancos para relaxar e meditar.

— Sinto como se estivesse pecando — foi o primeiro comentário dela, ainda admirando o monumento. Nunca esperara discutir dentro de uma igreja sobre poderes mágicos.

— Você já pecou de tantas outras formas, Emily — brincou Aaron.

Ela teve que rir. Não podia negar. Nunca se importara com os valores católicos da cidade e muito disso decorria da filosofia de vida dos seus pais.

— Você sabe que precisa começar a aceitar a sua ascendência Leprechaun, certo? O que aconteceu com a Fiona não foi nenhum pecado — disse o rapaz.

Se Emily não aceitasse seu dom, tudo o que Aaron construíra com ela podia regredir. Ele não queria perder a tênue confiança que ela começara a depositar nele.

— Apesar do que houve, sei que nunca tive a intenção de fazer mal a ninguém. Quero apenas descobrir quem realmente sou. Isso não deve ser tão ruim.

— E você enfim se deu conta de quem é?

Emily respirou fundo antes de responder. Tinha medo do que poderia acontecer em seguida.

Observou uma jovem loira caminhar até a porta principal da catedral. Quando ela sumiu de vista, respondeu:

— Estou começando a aceitar.

Aaron apenas exibiu o sorriso de sempre, em silêncio. Ainda demoraria para Emily se acostumar com a consciência de seus novos dons, mas já era um avanço enorme.

— Fico feliz por isso. Tenho muito orgulho de você.

Ela deitou a cabeça no ombro do americano, se entregando.

— Estou feliz por você ter aberto meus olhos. No fundo, nunca achei que pertencia a este mundo. Hoje sei como é bom ter alguém como eu ao meu lado.

Confortada entre os braços dele, Emily observava as sombras se moverem conforme a posição do sol e das nuvens, reproduzindo desenhos pelo chão.

— Estou pronta para aprender mais. Na internet não achei nada sobre o que seria a tal herança Leprechaun. E, desculpe, mas eu não vou usar um chapéu de três pontas! Muito menos sapatos baixos de fivelas grandes! Acho que perderia seguidores e desvalorizaria as ações da empresa.

Ao mencionar a internet, se deu conta de que passara por dois pontos principais de sua cidade e não fora reconhecida por transeuntes nem perseguida por fotógrafos. Depois do escândalo com Fiona, não ser notada era bastante improvável.

*Talvez esse toque de sorte seja melhor do que eu imaginava.*

— Não acredito que foi pesquisar na internet! — Aaron gargalhou.

Ela teve que rir também.

— Queria que eu fizesse o quê? Não existe um centro de atendimento para Leprechauns iniciantes — respondeu em tom debochado. — Ou será que existe?

Ele tornou a rir.

— Existem muitas lendas sobre criaturas mágicas, e sinceramente não sei responder o que é real e o que é alegoria. Mas de uma coisa tenho certeza: quase não há registro público sobre os Leprechauns.

Emily franziu a testa.

— Dados sobre Leprechauns são raríssimos — continuou Aaron. — Normalmente eles podem ser encontrados em documentos de acesso restrito. Eu só pude ler os papéis que o amigo do meu pai possuía e, mesmo assim, por poucos minutos. Nosso conhecimento vem sendo transmitido secreta e oralmente ao longo dos séculos. É como se fizéssemos parte de uma sociedade.

Emily também se sentia assim.

— Mais secreto do que duas pessoas com sangue Leprechaun conversando sobre magia e poder no meio da praça da catedral de St. Patrick é impossível! — brincou ela.

Aaron lhe deu um beijo no nariz.

— Já te falei sobre basicamente tudo o que você precisa saber: o real significado do nosso *pote de ouro* e da metáfora do final do arco-íris, e sobre como podemos treinar nossos poderes para controlá-los melhor. Acho que podemos começar esta semana. Preparada?

Emily entortou a boca em uma careta.

— Ainda é muito pouco. Não sei se estou.

O americano achou graça.

— Você pode achar isso, mas vai perceber que é o suficiente por enquanto. Mas há algo importante que ainda preciso lhe contar.

Ela virou o corpo para ele, como se estivesse se abrindo para escutá-lo, demolindo todas as barreiras.

— Já falei que há quem tente roubar os tesouros de um Leprechaun, mas muitos da nossa linhagem acabam se escondendo de outros com o mesmo dom por conta de algo grave. Assim como os humanos das lendas, muitos Leprechauns tentam roubar a essência mágica uns dos outros.

— Como assim?

— Um Leprechaun na maioria das vezes é capaz de construir uma grande fortuna, mas, se não tem meios de ampliá-la, acaba dependendo apenas de sua inteligência e sua sorte. Então, alguns mal-intencionados, por se sentirem inferiores a outros Leprechauns, acabam tentando descobrir o que chamamos de lugar sagrado dessas pessoas. O local onde elas possam ter 'escondido' seus potes de ouro. Se um herdeiro Leprechaun descobre onde é o final do arco-íris de outro, consegue roubar seu toque de ouro para si, tornando-se ainda mais poderoso. É por isso que todos os anos milionários perdem fortunas de um dia para o outro e veem seus impérios ruírem. Não são casos aleatórios. Na maioria das vezes, alguém os enganou e roubou a sua essência.

— Que coisa horrível! — exclamou a garota, perturbada.

Sabia que existia muita maldade no mundo, mas não conseguia entender até onde a ganância poderia chegar.

— É triste, mas é verdade. Achei que seria melhor você saber. Pelo que vi, seus pais lhe ocultaram a verdade. Provavelmente agiram assim porque alguém já tentou roubar o êxito de sua família.

*Será por isso que estão tão preocupados?*

— Alguém já tentou roubar o *seu* toque de ouro? — quis saber Emily.

Aaron se afastou dela e apoiou os braços no joelho, jogando o cabelo para trás, pensativo.

— Sim! E tenho muito medo de que aconteça de novo.

Emily se surpreendeu com a própria reação emocional. Era a primeira vez que sentia *indignação* por alguém tentar prejudicar uma pessoa de quem gostava.

– O nome desse Leprechaun mal-intencionado é Liam Barnett. Eu o conheci nos Estados Unidos, mas ele é inglês. Estávamos em um evento esportivo e pude sentir sua aproximação. É impossível não perceber o poder de um Leprechaun quando você já o conhece. Ele também me notou, mas hoje acredito que já sabia quem eu era. Devia ter ido ao evento para me procurar com intenção de roubar meu poder. Como eu não sabia da existência de Leprechauns ladrões de toque, acabei me tornando amigo dele por termos a magia em comum. Durante semanas, conversamos sobre esportes e os negócios de cada família. Chegamos a viajar juntos para a cidade dele. Achei que tinha conseguido um irmão.

– Era uma arapuca... – interrompeu Emily.

– Sim! Eu me sentia bem ao lado dele, e você já sabe como a força de atração entre dois poderes em um mesmo local é irresistível. Meu mentor não estava ao meu lado, e Liam parecia ser alguém em quem eu podia confiar. – Emily trincou os dentes, irritada por terem tentado fazer mal a Aaron. – Durante a viagem, percebi que ele estava muito curioso sobre o meu local sagrado e achei estranho. Nunca havia me passado pela cabeça compartilhar aquele tipo de informação. Desconversei, mas ele não desistia, por isso fiquei alerta. Senti minha sorte ameaçada, como você sentiu no banheiro da festa. Naquele ponto, um poder anulava o outro. Ele tinha a sorte dele também e claramente queria roubar o meu toque. Saímos no braço, deixei Liam inconsciente e consegui fugir. Para a minha sorte, senti a sua pontada e vim em busca de explicações. Mas sei que ele virá atrás de mim. E é possível que esteja atrás de outros também.

Emily ficou chocada. Não podia acreditar que aquilo era uma parte do mundo em que estava entrando. Ela compreendeu por que Aaron era tão reservado.

Também precisaria começar a agir assim.

– Nada de mal vai lhe acontecer de novo. Agora você é o meu mentor e vai me ensinar a controlar meu poder para podermos lidar juntos com tudo isso – anunciou Emily.

Sentiu urgência de fazer as pazes com os pais. Achava que não poderia compartilhar com eles todas aquelas revelações. Não queria assustá-los com o fato de que um ladrão de toques como Liam estava por perto, nem queria revelar que sabia quem era, mas precisava deles ao seu lado de alguma forma.

Observaram pela última vez a imponência da catedral e saíram do local.

Emily agora tinha um inimigo: Liam Barnett.

De volta à mansão, foi recebida pelo sempre prestativo Eoin. O mordomo a ajudou a retirar o casaco e avisou que os pais a esperavam para o jantar no salão. Emily achou que provavelmente eles iam querer conversar sobre assuntos sérios.

No quarto, encontrou o protótipo da nova bolsa da marca da família e ficou maravilhada. Era uma clutch preta com pedras douradas de diversos tamanhos formando um O'C ao centro. No fecho havia um detalhe do mesmo tipo de pedraria em formato de trevo shamrock. Aquele toque tornava o acessório ainda mais especial. Não tinha dúvidas de que *todas* as blogueiras amariam a nova peça, e muitas mulheres tentariam adquiri-la aos tapas. Itens como aquele normalmente eram exclusivos, produzidos em poucas unidades. Sentia-se abençoada pelo privilégio de ter pais tão criativos.

Segurou a bolsa junto ao peito, relembrando como as coisas eram antes de toda aquela tensão. Não importava se toda a fortuna deles era baseada em uma herança genética de Padrigan ou não. O que a deixava feliz era saber que ele fora inteligente o bastante para multiplicar os ganhos da família.

*Ele é um exemplo no qual eu deveria me espelhar.*

Colocou uma roupa mais confortável e tirou uma foto sem maquiagem para postar nas redes sociais. Ignorou as trezentas e vinte e duas notificações em seu aparelho, indicando ligações perdidas, curtidas e comentários nas redes sociais e mensagens de texto. Provavelmente o mundo das celebridades ainda estaria em frenesi por conta do incidente com Fiona. Para ela, contudo, aquilo já estava muito distante.

Desceu e encontrou os pais sentados no salão, ao redor de uma mesa de jantar com vinte e dois lugares. Eles pareciam perdidos na peça gigantesca, e, ao vê-los, Emily sorriu.

— Fico feliz que tenha comparecido — disse o pai ao vê-la.

Emily não sabia se Padrigan estava sendo irônico. Não se importou.

— Eu estava com saudade dos meus pais.

Claire baixou o olhar com certa tristeza.

— Você sabe que nesta casa *sempre* desejamos a sua presença — continuou o patriarca.

—Quero melhorar as coisas entre nós. Vocês andam muito estranhos, mas sinto falta de vocês.

Os três estavam sentados à mesa e, em pouco tempo, Eoin serviu o primeiro prato: uma salada de alface com pepinos, tomates, beterraba e cebola com *blue cheese* e molho típico.

— É sobre isso que queríamos conversar. Acreditamos que chegou a hora de você levar a vida mais a sério, Emily. Venha passar mais tempo conosco na fábrica ou nas nossas lojas. Você é o rosto da O'C, mas prioriza aparições sociais em vez do legado da família.

Emily achou hipócrita o discurso do pai. Ele lhe escondera tudo sobre a origem do sucesso dos O'Connell, mas agora cobrava dela uma participação mais efetiva. Percebeu que talvez não fosse fácil apresentar Aaron à família. Se Padrigan realmente temia ter seu toque de ouro roubado, ela não imaginava como o pai reagiria ao sentir a presença de outro com sangue Leprechaun. Se é que ele já não a havia sentido durante a festa de casamento. Não entenderia sua relação com Aaron e como se amavam.

— Tenho estado distraída nos últimos meses, mas vocês sabem que sempre prezei pela empresa. Fui quem mais ajudou a O'C a entrar na era digital. Além disso, minhas aparições públicas valorizam a marca. Ou vocês esqueceram que muita coisa mudou quando comecei a postar as nossas peças nas minhas redes?

Finalmente entendia por que a fortuna dos pais aumentara tanto desde seus quinze anos, quando Emily começara a se dedicar mais às redes sociais e ao nome da família. Inconscientemente, uniu seu toque de ouro ao do pai.

— Sabemos o quanto sempre nos ajudou, filha! — intrometeu-se a mãe. — Mas isso não é desculpa para você percorrer tão maus caminhos. Nós sempre a deixamos à vontade para fazer suas escolhas, mas agora chegamos à conclusão de que erramos ao te dar tanta liberdade. Está difícil reconhecer a nossa filha na pessoa que você vem se tornando.

— Digo o mesmo sobre vocês — resmungou Emily.

Sempre fora impulsiva, festeira e relaxada. Não entendia por que seu comportamento de repente se tornara motivo de divergência na família.

— Não ficaremos neste mundo para sempre — emendou Padrigan. — Preciso ter certeza de que você conseguirá carregar toda essa responsabilidade sozinha. O mundo não é perfeito como os nossos momentos no castelo de Malahide.

*Há quanto tempo não o visitamos*, pensou ela, relembrando os bons momentos passados em um dos lugares favoritos de seu pai.

Aquela era uma conversa um tanto mórbida. Os pais tinham ótima saúde e sem dúvida haveria ainda muito tempo para ela ser treinada.

— Parece até que querem desistir da empresa e jogar toda a responsabilidade em mim — caçoou. — E, falando sério, o Conselho nunca me deixaria afundar a companhia.

Como em qualquer corporação bilionária, pessoas fora da presidência zelavam pelo bem-estar do negócio, apesar de Padrigan ter relutado de início em confiar em outros para cuidar da O'C.

— Confesso que realmente estamos agindo diferente com você, filha. Nós a amamos e fazemos tudo pensando no seu melhor. Seu pai e eu lutamos muito ao longo dos anos para te trazer felicidade e conforto. Nunca se esqueça disso... — discursou Claire enquanto todos recebiam um prato de salmão com tempero de uísque, mel, limão e vinagre.

Emily nunca se esqueceria.

— Há alguma coisa que você queira nos dizer? — indagou Padrigan.

Ela estranhou a pergunta.

— Sim...

Emily fez uma longa pausa antes de continuar. Calculou quais seriam as consequências de revelar tudo ali. Antes de continuar, respirou fundo e pensou em Aaron. Desde a viagem a Londres esperava por uma grande briga, e até o momento nada acontecera. O pai parecia desconfiado de algo, porém ainda não mostrara ter coragem de confrontá-la. Acabou decidindo desviar o assunto. Enquanto os pais estivessem levando tudo aquilo com tranquilidade, achava melhor não complicar as coisas.

— Queria dizer que adorei a nova clutch e que ela é um símbolo de como nossa família cresceu ao longo dos anos. De como nosso amor cresceu ao longo do tempo. E de como temos sorte de sermos tão abençoados. Amo vocês.

Ela percebeu que os pais reagiram involuntariamente quando mencionou as palavras "sorte" e "abençoados". Por fim, os dois sorriram e deram as mãos a ela. Eram como um círculo sagrado. Havia de fato muito amor naquela mesa.

E também muito poder.

Agora, Emily precisava apenas aguardar o momento em que Padrigan decidisse revelar *o que* eles realmente eram.

Nas duas semanas seguintes, Emily tentou modificar velhos hábitos. Impressionou-se por a vida ter ficado mais tranquila: nem sequer sentiu necessidade de se afogar todas as noites em festas, bebidas e seduções. Começara a ir para o escritório dos pais com frequência após as aulas e jantava em casa mesmo que fosse sair depois. Assistia a filmes com Darren e até viu alguns episódios da novela mexicana que ele tanto amava. Passava o tempo livre restante ao lado de Aaron. Os dois estavam inseparáveis e ela começava a aprender muito sobre seu poder nas noites em que treinavam suas habilidades Leprechaun.

Como os pais de Emily não sabiam sobre ele, e por causa de tudo o que Aaron já contara sobre Liam e a herança Leprechaun, tentavam manter a relação em segredo. O americano alugara uma casa modesta um pouco afastada da região central de Dublin, onde os dois se encontravam quase todos os dias e tentavam se misturar à vizinhança. Emily evitava os restaurantes preferidos e os locais de badalação. Não conversava mais com Aoife, Cara nem Sean. Owen às vezes lhe mandava mensagens ou telefonava, mas Fiona havia até parado de segui-la nas redes sociais. Estava gostando daquele período de isolamento. No seu cotidiano, dos antigos hábitos e amigos restava apenas Darren, que era como parte da família.

Certo dia, Aaron telefonou avisando que precisaria falar com os pais pelo computador e passaria a noite discutindo algumas manobras financeiras. Sugeriu que ela passasse mais tempo com Darren, quase como um presente de paz ao melhor amigo dela. Emily ficou decepcionada por ver cancelada uma noite de cobertores, strudel de maçã e uma sessão de *Bonequinha de luxo*, mas até ficou feliz pela oportunidade de encontrar com o amigo, sobretudo porque os pais trabalhariam até tarde no escritório.

Desligou e foi para a casa de Darren. O amigo a esperava com o filme a postos. Não teria Aaron naquela noite, mas ao menos manteria os cobertores, o strudel de maçã e o filme.

– Queria tanto ter sido amigo da Audrey Hepburn – comentou Darren quase no fim do filme. – Olha essa pele! Olha esse cabelo! E a atitude? Essa mulher é perfeita!

Emily se divertiu com toda aquela admiração.

– Quem vê pensa que você gamaria.

Ele riu alto.

– Por ela eu abriria uma exceção! Mas é uma exceção! A entrada nesse clube é bem seletiva!

Emily não conseguia imaginar Darren com uma mulher, mas principalmente não o imaginava em nenhum tipo de relacionamento sério. O mais engraçado era que antes pensava o mesmo de si.

— Você parece tão feliz, amiga! — comentou Darren, quando os créditos começaram a subir e ele observou o rosto corado dela.

— E como não ficar? — comentou. — Achei o amor da minha vida, Darren! Não imaginei que isso fosse possível! Você acreditava que alguém um dia conseguiria me fazer tão feliz?

Ele teve que concordar. Aquele era um bom motivo para sua melhor amiga parecer tão radiante. Ainda não simpatizava com Aaron, mas, mesmo sentindo saudade de suas loucuras e das noitadas insanas pela cidade, onde agiam como reis, estava contente de vê-la acertando o rumo da sua vida.

— Só não me esqueça nesse processo, ok? Esse americano pode ser gostosão, mas eu sempre serei o homem número um da sua vida. Na verdade, aceito perder pro seu pai e ficar em segundo, então seu namorado fica com a medalha de bronze. É, bronze está bom pra ele!

Emily deu um tapa no ombro de Darren, que fingiu dor, e ambos riram. Desligando o projetor de cinema no quarto, desceram para esperar pelo motorista dela, que estava a caminho. Quando chegasse em casa, depois de dar boa noite aos pais, planejava ler um livro de Bram Stoker, que também estudara na Trinity.

Os dois saíram segurando as chaves para abrir o portão e seguiram em direção aos limites do terreno da casa, uma das poucas da região com muros altos, fruto da paranoia do pai de Darren por segurança e um espaço protegido de fotógrafos ou stalkers.

A luz do luar não era suficiente para iluminá-los, e, como o edifício era isolado do movimento da rua, os sons dos carros já chegavam abafados aos seus ouvidos. Ventava, e as nuvens carregadas prenunciavam um grande temporal.

Atravessaram o portão.

De repente, um homem encapuzado pulou sobre os dois, surpreendendo-os e agarrando o pescoço de Emily com sua mão grande e firme. Ela ficou desesperada, pois nunca sequer havia sido assaltada na cidade. Emily arregalou os olhos, em pânico, e apenas um nome lhe veio à mente: Liam Barnett.

Darren tapou a boca com a mão, paralisado, nos poucos instantes daquela abordagem surreal. Em meio ao sufocamento, Emily uniu o instinto de sobrevivência à consciência que vinha adquirindo sobre si com as aulas de Aaron.

Concentrou-se e sentiu uma onda de poder inundar seu peito, causando queimação. Respirou fundo e contou mentalmente até três. Aquele era o seu número sagrado. O número das folhas do trevo da sorte, o símbolo em seu anel.

*Um...*

*Dois...*

*Três.*

Ela gritou com intensidade. O berro reverberou a ponto de Darren recuperar os sentidos amortecidos pelo choque e cambalear tampando as orelhas. O bandido foi projetado na direção do muro, chocando a cabeça no concreto. Emily recuperou os sentidos quando seu motorista estacionou de qualquer jeito no meio da rua, sem acreditar em tudo o que havia testemunhado.

Emily puxou o desnorteado amigo para dentro do carro blindado e ambos caíram no banco do passageiro, batendo joelhos e cabeças. Ela conseguiu apenas gritar para que o motorista acelerasse, enquanto Darren avisava a polícia sobre o homem inconsciente no portão de sua propriedade.

Darren tremia, sem compreender como Emily fora capaz *daquilo*. Ela notou a curiosidade misturada ao choque no olhar dele, mas optou por não se explicar.

Em vez disso, ligou para casa.

— Residência dos O'Connell — disse Eoin do outro lado da linha com a voz embargada.

— Eoin, é Emily! Eu preciso de ajuda! Estou desesperada!

— Eu sei, minha pequena! — disse o mordomo, chorando. — Com quem você está? Estamos todos arrasados...

Aquilo a pegou desprevenida.

— *Do que* você está falando, Eoin? — gritou ela, histérica.

— Oh, não! — lamentou o funcionário. — Pensei que tivessem entrado em contato com a senhorita. Meu Deus! Como posso dar essa notícia? Está sozinha?

Ela ficava *cada vez mais* angustiada.

— Eoin, eu quero que você me fale o que está acontecendo *agora*! Estou chegando em casa com Darren e preciso falar com a polícia!

Entre soluços, Eoin pediu para falar com Darren. Emily começou a gritar que não iria passar o telefone, mas o amigo arrancou o aparelho da mão dela e fez sinal para que se calasse.

— Eoin, é Darren! Diga o que está acontecendo...

Um instante depois, Darren ficou ainda mais trêmulo e passou a responder apenas com murmúrios. Emily se sentiu sufocada em meio à sua agonia. Então ela notou que o rosto de Darren empalidecera, e o mundo dela escureceu.

— Logo estaremos aí... — informou o amigo, desligando.

Eles se entreolharam e, diante do silêncio dele, a crise nervosa de Emily atingiu o ápice.

— Darren! O que está acontecendo? — perguntou, chorosa. — O que...

Ele a puxou para si e a abraçou forte. Com a força do laço entre eles.

Do amigo que sempre estava ali.

Do irmão que ela não tinha.

– A polícia já está lá...

O mundo de Emily congelou enquanto afundava o rosto no peito dele, cravando as unhas em sua camisa. Darren sentia a dor do choro dela. Lágrimas tomavam toda a sua face, enquanto ele a apertava sem saber como preencher o vazio que passaria a existir. Desejou poder absorver um pouco da aflição da amiga, apenas para que ela não precisasse senti-la sozinha. Não queria ser ele a lhe contar aquilo, mas não havia mais ninguém.

Não para ela.

– Seus pais foram assassinados – disse num sussurro engasgado, apertando-a ainda mais entre os braços.

RELATÓRIO TL                N° 590.687.685.600.007

*Para a excelentíssima Comissão Central*

*Assunto:*
### ATUALIZAÇÃO FAMILIAR • *Grupo de destaque* •

Novas informações sobre uma das famílias de destaque da comunidade. Atualização de cadastro para ciência da comissão.

*Localização da família:*
Dublin – Irlanda

*Habilidade familiar:* império da moda.

*Histórico:* família cadastrada há muitos anos. Toque passado por geração.

*Idade de reconhecimento e cadastro no sistema TL:* com 20 anos. Cadastro há 40 anos.

*Status:* uma das famílias mais ricas do país.

*Contribuições externas:* eventos de caridade.

*Contribuições internas:* contribuição para o manual principal da TL. Resgate da tradição irlandesa nas origens do poder.

*Atualização:* assassinato do patriarca (detentor do toque) e de sua esposa. Verificando se há alguma ligação com o poder da família.

*Ação:* Proteger o toque da filha, que não sabe de seu dom.

*Margareth Griffin*

## 20

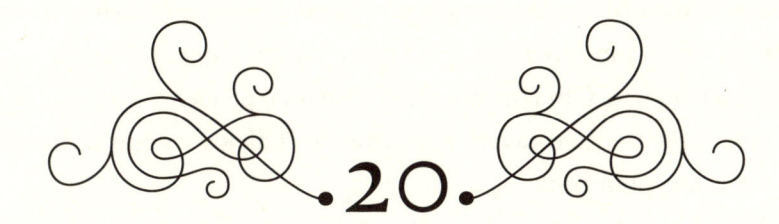

Aquele era o pior dia de sua vida. O caos se tornou regra, e a realidade ainda não a atingira de vez. Caminhou pela casa feito uma marionete de olhar perdido. Sentia um buraco na alma, como se alguém tivesse arrancado seu coração e não fosse mais capaz de acumular bons sentimentos. Não podia aceitar que aquilo realmente havia acontecido.

Seus pais estavam mortos.

Os mesmos pais com quem tinha jantado na noite anterior, comentando banalidades sobre a última bolsa desenvolvida, animados com a possibilidade de a peça ser a mais requisitada de todos os anos de coleção. Os mesmos a quem dissera que amava. Os que seguraram sua mão em um círculo que não deveria ter fim. Será que haviam previsto aquilo? Tinham sido ameaçados?

Repassou em sua mente todos os momentos em que eles tinham agido de forma estranha e os comentários mórbidos do pai. Ele a havia alertado de que não estaria para sempre ao seu lado. Por que dissera aquilo?

Uma equipe de investigação buscava evidências no escritório da fábrica onde acontecera o crime, e outra, na casa da família. Ao chegar, Emily ouviu a inspetora-chefe dizer ao superintendente responsável pela investigação que haviam encontrado os corpos no escritório logo após os tiros. Um funcionário do turno da noite ouviu os disparos e acionou a polícia. Obviamente ele se tornara o primeiro suspeito, mas os investigadores já estavam encontrando indícios de que se tratava de um crime premeditado.

A inspetora também relatou a versão da polícia para Emily. Não tinham encontrado a arma no local, mas havia sinais de briga. O criminoso sabia onde eles estariam e a que horas. A princípio, utilizara a janela para acessar o prédio, mas ainda não tinham ideia de como entrara no terreno da fábrica, pois não havia sinal de arrombamento. Também não fora encontrado nenhum sinal de furto. A equipe agora estava ali para ver se poderia achar alguma pista e obter novas informações. Um caso como aquele, envolvendo figuras importantes da sociedade local, abalaria a comunidade.

Do lado de fora da casa, a rua se tornava palco para repórteres de todas as mídias locais e internacionais e enchia-se de curiosos. Ninguém conseguia acreditar que Padrigan e Claire O'Connell haviam mesmo sido assassinados a sangue-frio.

O superintendente se aproximou de Emily.

— Srta. O'Connell, antes de tudo, meus pêsames! O momento é extremamente inoportuno, mas, se nos der permissão, preciso lhe fazer algumas perguntas a fim de avançarmos mais rapidamente. Seria possível?

Darren a abraçou de maneira protetora. Emily apenas concordou com a cabeça.

— Srta. O'Connell, saberia nos dizer se seu pai tinha algum inimigo?

*Meus pais eram pessoas incríveis. Como teriam inimigos?*

— Eles eram bem-sucedidos — balbuciou a garota, ainda em choque. — Claro que tinham desafetos. Mas, se vocês precisam de um nome, não consigo pensar em ninguém.

Não era verdade. Emily *pensava* em um nome: Liam Barnett. Mas não podia explicar como chegara a ele.

— Como expliquei à inspetora Molloy, fomos *atacados* ao sair da minha casa! — exclamou Darren. — Provavelmente a mesma pessoa que matou os pais de Emily a procurou para finalizar o crime. Eu não entendo por que não estão lá tentando descobrir a identidade desse criminoso!

— Você disse que ele tentou *estrangulá-la*? — perguntou o superintendente, conferindo as anotações da inspetora.

— É esse o termo quando alguém encapuzado aperta a garganta de outra pessoa, certo? — perguntou Darren.

— Se fosse o mesmo criminoso, por que atirar nos pais e não na filha? Por que simplesmente não utilizar uma faca ou qualquer outra arma? Por que usar *as próprias mãos*?

Darren não havia pensado nisso. Seu coração também estava partido ao meio. Sempre recebera apoio dos O'Connell, antes mesmo de revelar sua homossexualidade para a própria família. Não conseguia ver um mundo sem a união daqueles três.

— Como expliquei, nossas patrulhas foram até seu endereço e encontraram o portão aberto, mas não havia ninguém nas proximidades nem sinal de arrombamento. Quem os atacou fugiu antes de chegarmos. O importante agora é focarmos em pistas que nos ajudem. Enquanto isso, a srta. O'Connell vai ser encaminhada para o exame de corpo de delito.

— Eu não vou sair do lado dela! — exclamou Darren, mais descontrolado que Emily.

Em choque, Emily ainda não conseguira entrar em luto. Havia muitas pessoas em sua casa, dezenas de outras do lado de fora e um circo já montado pela imprensa.

*O que vai acontecer comigo?*

Pensou em ligar para Aaron, mas havia muita gente por perto, e não queria chamar atenção desnecessária. No entanto, sabia que precisava dele o mais rápido possível.

— Fique com o meu cartão e ligue caso se lembre de algum detalhe — finalizou o superintendente. — Meu conselho é: evite os jornalistas. Eles passam por cima de qualquer um para explorar um escândalo. Tenha cuidado.

Aos poucos as pessoas foram deixando a casa, e até os funcionários voltaram para suas moradias. Eoin foi o único que permaneceu lá, esperando que Emily e Darren retornassem do exame de corpo de delito. Uma patrulha ficou de prontidão na entrada da mansão, cuja segurança era reforçada por dois seguranças particulares.

Quando chegaram, já de madrugada, viram dois carros da imprensa, e algumas pessoas ainda persistiam em sua rua. Emily queria ser deixada em paz, mas isso era quase impossível. Se antes já era famosa, depois daquela tragédia sua fama iria triplicar.

Era a única herdeira da fortuna dos O'Connell; não havia mais nenhum familiar por perto.

Um prato cheio para a mídia.

— Emily, como você está? — quis saber Darren assim que ela entrou.

Ela não conseguira mais derramar uma lágrima desde que soubera do crime.

— Como você imagina? — murmurou.

— Há algo que eu possa fazer por você agora? Qualquer coisa...

— Preciso de um banho...

Emily desejava privacidade, e Darren sabia disso. No entanto, ele sentia dificuldade em aceitar que não havia mais o que dizer ou fazer pela amiga.

A cada momento Emily morria um pouco, pois tudo naquela casa a fazia se lembrar de seus pais. Quadros, fotos, acessórios da O'C. Pensar naquilo tudo a enlouquecia. Tentava se imaginar morando sozinha naquela mansão e sentia um enorme vazio. Talvez se mudasse um dia, quem sabe com Aaron.

Fechou a porta do quarto. Logo Darren iria procurá-la de novo, mas teria escuridão e silêncio por um tempo. Pegou o celular e viu que agora se acumulavam 1148 mensagens. Nunca o aparelho registrara tantas notificações. Algumas chamadas também haviam sido perdidas, e Aaron ligara dez vezes. Tomou coragem para retornar.

— Eu sinto muito — foi o que ele disse ao atender. — Você é uma boa pessoa, não deveria precisar passar por algo assim.

Emily segurou as lágrimas. Estava em seu limite.

— Por quê, Aaron? Por quê?

Ela se abaixou até chegar ao chão, encostada em uma parede e, finalmente, deixou as lágrimas tomarem conta do rosto fino. O choro desceu e não havia mais como controlar os soluços que o acompanhavam.

— Você vai ficar bem, meu amor! — disse ele, utilizando a expressão pela primeira vez. Ela teria adorado ouvir aquilo em outra situação. — No final ficará bem.

Emily queria acreditar naquilo. Mas aquela situação não parecia nem um pouco próxima de qualquer fim.

— Também fui atacada hoje — revelou entre soluços. — Acho que não vazou ainda na mídia, mas um homem me atacou. Consegui me soltar graças a... bem, você sabe. Quero aprender a controlar isso, Aaron! Preciso aprender! Por eles.

Ele compreendia, e seu objetivo agora era acalmá-la para que nada desse errado.

— Onde você está?

— Em casa.

— Certo — continuou ele com uma voz trêmula. — Agora eu preciso que me escute, ok? Eu gostaria muito de ir até você agora, mas não posso.

— O que você quer dizer? Até você vai me...

— Ele me encontrou, Emily! — A seriedade na voz dele deixou-a sem palavras. — Ele *nos* achou...

Ela tapou a boca com uma das mãos. Então tomou coragem para perguntar:

— Você também acha que isso é obra do Liam?

Aaron hesitou do outro lado do telefone por alguns segundos.

— Ele *nos* descobriu! — revelou com pesar. — Existem *fotos*! Fotos nossas no jardim da catedral. Na busca por mim, ele descobriu *você*.

Emily ainda chorava desconsoladamente.

— Mas... mas... por que ele... Por quê?

— Na verdade, eu não conversei com meus pais esta noite.

Ela suspirou, sem saber o que aquilo queria dizer.

— O que você fez hoje, Aaron?

— Fui encontrar um informante. Um contato de Liam que descobri nas minhas pesquisas. Minhas suspeitas se confirmaram. Ele me avisou que Liam havia investigado você. A intenção era usar você contra mim, mas, então, quando compreendeu *quem* você é, ele mudou de ideia. Conseguiu informações sobre a sua família e reconheceu seu pai como mais um dos *nossos*. Pelo visto, ele entendeu que, atingindo você, conseguiria mais poder. E dos grandes. E ainda me atrairia de volta. Só que, para obter o poder de uma família, é necessário roubá-lo de todos os membros. E Liam não conseguiu roubar o de ninguém.

Aaron se calou, aguardando que ela absorvesse tudo.

— O quê? Não... como isso é possível? Por que alguém faria isso? Será que só existe mal neste mundo? – Emily fez uma pausa e, instantes depois, suspirando, completou: – Sabe o que é o mais cruel disso tudo? Eu teria trocado qualquer toque de ouro pela vida dos meus pais.

— Sinto muito, Emys. Eu inclusive pensei em retornar hoje para os Estados Unidos. Achei que seria mais seguro para você, mas não consigo me afastar.

Se estivessem frente a frente, Emily nem saberia o que fazer com o namorado. A raiva que sentira no ônibus de Londres retornou em um grau muito maior.

— Você ia *me abandonar* aqui? Ainda mais depois de saber que um inimigo seu *matou* os meus pais?

— Eu queria *salvar* você, Emily! – gritou ele. – Se eu me afastasse o suficiente, talvez o Liam viesse novamente atrás de mim! Você entende? Eu preciso que ele volte a focar em mim! Jamais em você. Como acha que estou me sentindo? Sei que já te feri muito. Podia esconder tudo isso, mas acho que você merece a verdade.

Ela fechou os olhos e tentou se recuperar.

— Você tem consciência de que, de certa forma, também é responsável pela morte dos meus pais?

Ela tinha o direito de dizer aquilo. Ele merecia ouvir.

— Sim – lamentou, assumindo a responsabilidade. – E jamais vou me perdoar por isso...

Ela ficou calada sem saber o que pensar. Não tinha mais forças.

Desligou o telefone e foi para o chuveiro na intenção de tirar de si um pouco da sujeira do mundo. Darren a encontrou meia hora depois, deitada no piso do box, chorando nua com a água quente batendo em suas costas.

Os dois foram dormir e informaram ao mordomo o horário que precisavam acordar. Haveria um funeral em pouco tempo e muito a ser resolvido.

A sorte parecia ter fugido da vida dela.
Agora, restara apenas dor.

Uma semana se passara desde o assassinato brutal dos pais de Emily. O enterro havia sido tocante. Muitas pessoas apareceram na cerimônia, inclusive grandes celebridades que admiravam e apoiavam a marca da família. A impressão era a de que Dublin inteira estava lá, inclusive algumas pessoas com quem Emily havia brigado. Não trocaram palavras, mas seus abraços disseram o que foi preciso. A mídia nacional interrompeu a programação para entradas ao vivo, e a internacional anunciava matérias abordando diversos pontos da vida de Claire e Padrigan. Falaram da origem simples, da fortuna repentina, das campanhas de caridade promovidas pelo casal e da vida em família. Criaram teorias e inventaram suspeitos de maneira irresponsável. Era o trabalho deles chamar atenção do público. O de Emily era sobreviver a tudo aquilo.

Perdera cinco quilos. A aparência já magra se tornou um tanto cadavérica, e jornalistas inescrupulosos começaram a usar isso para atingi-la, ainda mais depois que ela decidiu trancar a matrícula na faculdade para lidar com seu luto. Diziam que ela sofria de anorexia nervosa. Darren se mudou temporariamente para a mansão da amiga, temendo deixá-la sozinha. Tornara-se quase um assistente de Emily, cuidando de tudo enquanto ela se afundava em crises nervosas.

Um dia, notificaram-na de que precisava ir até a sede da empresa para decidir o futuro da marca. Não estava com cabeça para isso, mas também não tinha escolha. Decidiu fazer o que seus pais esperariam dela: assumir completamente o controle da O'C.

— Você pode me acompanhar até lá? – perguntou a Darren e começou a se arrumar.

A dor a fizera amadurecer muito em pouco tempo.

Precisava renascer.

— Eu te acompanho até o inferno se for preciso.

Era o irmão que nunca tivera.

Sua chegada à sede da O'C, de óculos escuros e terninho, despertou a curiosidade dos funcionários. Mas a realidade passaria a ser aquela. Emily O'Connell seria a nova CEO da marca de sapatos e acessórios de luxo.

Não se sentia preparada para a responsabilidade de assumir a empresa. Sabia divulgar muito bem a marca e os produtos, mas administrar a O'C era uma atividade completamente diferente. Nunca levara os pais a sério quando eles quiseram prepará-la para assumir o negócio, e suas primeiras semanas de treinamento aconteceram perto demais da morte dos dois. O conselho estava impaciente com a queda de ações da O'C e a falta de uma representação. Muitas pessoas procuravam produtos da marca por simpatizarem com a história trágica, contudo essa seria obviamente uma fase curta. Sempre haveria uma nova morte ou escândalo para estampar as capas dos jornais mundiais. Precisavam de *liderança*.

— Estávamos esperando a senhorita. Todos já estão na sala de reunião – informou a secretária.

Emily e Darren seguiram a mulher e subiram para o andar do antigo escritório de Claire e Padrigan. No momento em que olhou para a porta, Emily soube que era má ideia estar ali. Desde a morte deles, sentia coisas estranhas, formigamentos constantes e uma forte sensação que já podia descrever como magia. Era difícil. Como uma típica pontada.

— Os policiais liberaram este andar ontem. Não pudemos acessá-lo até verificarem tudo dentro do escritório — disse a secretária, sem se importar se magoaria a garota ou não.

Na sala de reuniões, quatro homens e três mulheres estavam sentados ao redor de uma mesa extensa de madeira com um enorme O'C dourado entalhado. Todos se levantaram para receber Emily com expressões tristes. Aquelas eram pessoas que passaram muito tempo com os pais dela. Todos trabalhavam intensamente para o bem da empresa, e Emily sentiu que precisava demonstrar sua gratidão por isso. Se fosse liderá-los, necessitaria da ajuda e da confiança daqueles sete membros. Todos eles estiveram presentes no funeral e haviam expressado seu pesar. Agora, ela precisava de suas bênçãos.

— Srta. O'Connell — falou Stephen MacAuley, diretor-geral da área de finanças, com quem Emily mais se relacionara ao longo dos anos. Mas aqueles eram outros tempos. Melhores tempos. — Será que seu amigo não ficaria mais confortável na recepção, tomando um café? Quem sabe ele não quer dar uma olhada nos nossos lançamentos?

— Você se importaria de esperar lá fora, Darren? Tenho certeza de que vai ser bem mais divertido pra você.

Darren hesitou, inseguro por deixá-la sozinha no meio de todos aqueles lobos. Mas acabou concordando.

— Bem, espero ser útil de alguma forma — murmurou Emily. — No que precisam de mim hoje?

Ela pôde notar as trocas de olhares discretas e os movimentos desconfortáveis nas cadeiras. Ela poderia se mostrar útil de diversas maneiras, mas ninguém àquela mesa acreditava que fosse capaz de comandar a empresa.

A reputação a precedia. Para eles, ela ainda era a Emily dos tabloides, das bebidas e dos jogos de pôquer.

Ótima para as redes sociais. Péssima para a sala de reuniões.

– Há duas formas de continuarmos o nosso negócio – começou Stephen.

Emily tossiu e todos a encararam pela primeira vez.

– O *meu* negócio – corrigiu. – O negócio da herdeira para quem vocês trabalham.

Os executivos engoliram em seco. Mas aquele era um caminho sem volta.

– Como eu dizia, srta. O'Connell, há duas formas de seguirmos com o negócio: na primeira delas, a senhorita fica com o cargo de CEO e aceita a responsabilidade de tudo o que isso envolve...

– E na segunda...

– A senhorita delega o poder para a comissão decidir os detalhes, mas participa das decisões. E continua detentora da maior parte da empresa e dos lucros. Apenas alguns cargos mudariam...

– E pessoas como o senhor ganhariam um bom aumento – acusou Emily.

– Entendo a dificuldade e o momento que está passando, senhorita, mas o objetivo desta reunião é decidirmos o melhor para a empresa. Para o legado O'Connell. Não podemos tirar isso de foco.

Emily ficou pensativa, ponderando suas responsabilidades perante a O'C.

O diretor-geral apontara uma questão importante. Aquela reunião era para *manter* o legado da família. Ela sabia que decisão precisava tomar.

– Assumirei o cargo de CEO daqui pra frente – declarou, para a decepção de todos na sala. – Prometo focar nas atividades, aprender o que é necessário e manter o nível estabelecido pelos meus pais. Espero poder contar com o apoio de vocês.

As pessoas não souberam o que dizer. Não houve concordâncias nem apoio. Emily sem dúvida estava longe de ser uma candidata ideal a CEO.

— Estaremos aqui para ajudá-la — apaziguou Stephen, parecendo infeliz.

Emily sabia que aquelas pessoas iriam tentar engoli-la em poucas semanas.

— Agora vou precisar de um relatório de tudo que está acontecendo na empresa nos mínimos detalhes. Crescimentos, pesquisas, planilhas de gastos. Além disso, quero anunciar minha segunda ação como CEO.

— Pois não, srta. O'Connell...

Emily explicou que as ações iriam cair, mas que acreditava na força da O'C. Sabia o quanto os pais estavam apaixonados pela sua última criação e como achavam que aquele modelo deveria ter um destaque especial.

Disse que poderiam iniciar uma campanha envolvendo a última clutch. Não seriam mais apenas duzentas bolsas, mas duas mil. Elas homenageariam os fundadores da marca, e parte do lucro seria doado para uma instituição de ajuda a familiares de vítimas de crimes. O preço de exclusividade continuaria em vigor, mas ela acreditava que celebridades se envolveriam. Logo receberiam mensagens pedindo por mais. Mais itens, mais mídia, mais atenção.

A comissão acabou admitindo que era uma boa ideia. Uma onda de formigamento percorria todo o seu corpo, e Emily de repente começou a se sentir como quando beijara Aaron.

Durante a reunião, lembrou-se da última conversa com Aaron e se deu conta de que a herança mágica que corria pelo sangue de sua família devia estar agora toda concentrada nela. Era a única detentora de um grande poder, agora ainda maior após ter recebido o dom do pai. Precisaria ter cuidado com isso.

Não lhe restava dúvidas, portanto, de que a campanha seria um sucesso e fariam fortunas. Mesmo em um tempo obscuro como aquele, ainda podia sentir a sorte ao seu lado.

Encerraram a reunião e todos começaram a sair para colocar em prática suas decisões. A polícia ainda não achara nenhum suspeito, mas o interesse da mídia pelo assassinato de seus pais poderia esfriar a qualquer momento. A ruiva não deixaria aquilo acontecer. Queria manter a memória de Padrigan e Claire viva no coração de cada irlandês e de cada estrangeiro que adquiria alguma peça da família.

Ela estava de saída quando Stephen a abordou.

— Precisamos saber se você quer usar o escritório deles para trabalhar — perguntou baixinho.

Emily ficou branca. Queria ser CEO, mas não conseguiria trabalhar no local onde os pais foram mortos. Seria difícil demais.

— Entendo a sua preocupação, sr. MacAuley. Peço que se transfira para aquele escritório. Vou ficar com o seu, se não se importar. Acho que será mais confortável para mim.

Darren voltara de sua pequena excursão pela empresa e não conseguiu acreditar na maturidade com que a amiga proferira aquelas palavras.

Stephen concordou, e combinaram que ela iria até o escritório pelo menos três vezes por semana. Nos outros dias, receberia relatórios. Emily gostou da proposta e agradeceu pelo comprometimento do diretor.

Seria CEO de sua empresa. Não podia cometer nenhum erro. Estava cada vez mais ciente de seu poder e percebia que ele havia se fortalecido. Com a ajuda dessa nova força, pretendia iniciar uma busca pelo principal suspeito do assassinato de seus pais: Liam.

A vingança estava prestes a começar.

## 21

Os dias passavam e a dor continuava intensa, apesar de toda a benevolência das pessoas à sua volta. Enquanto não tivesse sua vingança, não se sentiria em paz.

Darren voltava para casa algumas vezes na semana, mas havia levado uma boa parte de suas coisas para o quarto de hóspedes da mansão da amiga. Emily não lhe pedira aquilo, mas sabia que era apenas mais uma demonstração de que ele queria o seu bem.

Passou a ver Aaron de madrugada e, nas poucas horas que passavam juntos na mansão, se perdiam um no outro. Estudavam sobre o toque de ouro e treinavam, mas também amavam-se com intensidade. O rapaz podia sentir que o poder dela tinha aumentado. Algumas vezes ele até parecia deslumbrado e sedento *por mais*, como um vampiro necessitando de sangue. Aquelas eram as melhores horas de seus dias, mas ela acabava refreando Aaron, porque ainda não estava preparada para superar sua dor. Não podia ser feliz com os pais mortos.

Em uma dessas noites, Emily resolveu virar o jogo.

— Gostaria de te ver novamente fora do quarto – revelou. – Preciso voltar a me sentir um pouco mais normal.

— Você sabe que o que mais quero é sair por aí de mãos dadas com você, mas precisamos ser cautelosos. Você tem evoluído muito nos nossos treinamentos. Sabe canalizar a sua força e liberá-la quando necessário. Quanto mais conseguir domar suas habilidades, mais bem preparada estará para enfrentar Liam.

A vontade de Emily era deixar aquela mansão para trás e viver uma vida tranquila com Aaron. Mas o mundo não era como queria. Era como precisava ser.

*Quem diria que um dia eu desejaria algo assim.*

— Não há outro lugar em que você possa me ensinar com privacidade?

Aaron teve uma ideia.

— Você estudou na Trinity College, mas acredito que nunca viu o Livro de Kells, não é?

Emily sentiu um pouco de embaraço. O Livro de Kells ficava na biblioteca de sua antiga faculdade, mas nunca se interessara por ele.

— Acredito que o silêncio seja uma boa resposta – continuou Aaron. – Fui ver esse artefato assim que cheguei em Dublin e acho que seria bom você conhecê-lo por causa de seu poder mágico. Podemos fingir que não nos conhecemos na fila e depois passear por lá tentando não levantar suspeitas.

— E nosso encontro romântico vai ser em uma biblioteca empoeirada? – reclamou a garota, relembrando velhos hábitos.

— Foi onde gravaram as cenas da biblioteca de Hogwarts, sabia? – informou ele, achando graça.

— Sim, porque precisavam de uma biblioteca empoeirada! O que há de romântico nisso?

Aaron riu.

— Pensei que também quisesse aprender, não apenas desfrutar.

Foi a vez dela de achar graça.

— É claro que quero aprender, mas tinha imaginado um lugar mais sedutor para nossos treinamentos. Não sei flertar em uma biblioteca, Aaron. Não nasci com esse dom.

— Você sempre terá todos os dons de que preciso — respondeu Aaron, deixando-a um pouco sem jeito, mas não por muito tempo. — E todos os dons de que precisa.

Logo os dois tinham voltado para debaixo das cobertas, em mais uma noite de amor.

Acordou um pouco mais bem-humorada. Era um de seus dias livres e não precisaria ir até a empresa. A O'C acabara de terminar a confecção das bolsas especiais, e a etapa seguinte era providenciar as fotos para a campanha pelo mundo. Sentia-se realizada por ter feito essa última homenagem aos pais.

— Vejo que a visita noturna melhorou seu humor. Você está até com o rosto mais corado — comentou Darren ao encontrá-la na mesa do café da manhã.

Nas semanas que haviam se passado, Emily e o amigo tinham adquirido o hábito de compartilhar o café da manhã quando seus compromissos lhes permitiam.

— É verdade. Me fez muito bem ficar algumas horas com o Aaron. Você é muito observador.

— Eu observo tudo, *amore*! Quer dizer... *quase* tudo. Andei pensando sobre o nosso incidente e acho que precisamos conversar sobre ele.

Emily sabia o que ele queria dizer. Surpreendia-se porque até aquele momento Darren não lhe havia perguntado como conseguira se livrar do agressor. Depois de vê-lo voar para longe dela e bater a cabeça, e de ouvir os rumores sobre a história do barbicha no banheiro, começou a achar aquilo tudo muito suspeito. Ela sabia que precisaria revelar seu segredo em algum momento.

– Você mesmo disse: estou me sentindo melhor hoje. Podemos deixar essa conversa para mais tarde? Preciso me arrumar daqui a pouco.

– Vai voltar para a empresa? – quis saber Darren.

– Pensei que observasse tudo – respondeu ela, rindo – Na verdade, hoje vou sair para encontrar o Aaron.

Se antes o clima era descontraído, isso logo mudou. Darren apoiava as idas ocultas do rapaz até a casa dela, mas não concordava que Emily aparecesse em público com ele. Não sabiam como a relação dos dois não havia vazado para a imprensa ainda, contudo para ele o vazamento dessa informação podia complicar suas vidas ainda mais.

– Você está brincando... – resmungou ele.

Emily odiava discutir com Darren. Ele vinha demonstrando ciúmes de sua relação com Aaron. Em determinadas situações, o amigo parecia mais um namorado, e ela não sabia até que ponto aquilo era saudável.

– Ele me convidou para ver o Livro de Kells, e eu aceitei.

Para sua surpresa, Darren desatou a rir, e Emily apenas observou, incrédula.

– Qual é a graça? – perguntou.

– Você vai se encontrar com Aaron em uma das maiores bibliotecas de pesquisa do mundo! Há cerca de duzentos mil livros lá dentro! Os tempos realmente mudaram. Você estudava lá e nem deve saber onde fica.

— Ele mencionou filmagens do Harry Potter, então imagino que deva ser perto daquele pomo de ouro esquisito que colocaram de decoração no campus.

Darren continuou a rir e derrubou o café da xícara ao bater por pura empolgação na mesa.

— Você está falando da esfera dourada feita pelo Arnaldo Pomodoro? Aquela que os estudiosos interpretam como uma mensagem de paz para um mundo em guerra?

— Deve ser essa mesma — comentou ela, percebendo o quanto tinha estado alheia ao mundo à sua volta.

O amigo segurou o riso e respirou fundo.

— Ainda bem que Deus te fez linda, amore!

Emily não gostou daquela ironia.

Terminou o café da manhã e se vestiu para o encontro. Vira Aaron havia apenas algumas horas, mas era como se tivesse se passado uma eternidade.

Foi estranho para Emily atravessar os portões da antiga universidade. Ao olhar ao redor, para os transeuntes e para os prédios acinzentados, finalmente percebeu como sua vida mudara. Antes, estava certa de que um dia se formaria em Dramaturgia pela Trinity e depois brilharia nos palcos de Londres e Hollywood. Agora, era improvável que qualquer uma dessas coisas acontecesse, e ela não sabia como digerir essa realidade.

— Por aqui... — chamou Aaron ao passar por ela, perto do campanário.

A ruiva levou um susto. Não o tinha visto chegar nem esperava que ele fosse tão pontual, mas ficou feliz por receber ajuda para chegar ao ponto de encontro.

A parte antiga da biblioteca funcionava como um museu; por isso, a entrada era paga. Folhetos propagavam uma exposição sobre como foram feitos os primeiros livros, seus símbolos, formas de ornamento e materiais. Emily achou aquilo um tanto entediante.

*Deveríamos ter marcado no Museu dos Leprechauns. Pelo menos seria irônico.*

— Vou para a fila. Fique atrás de mim. Vou fingir me apresentar a você — instruiu Aaron, ainda analisando os arredores.

Emily achou aquela encenação exagerada.

Na fila de acesso ao prédio, havia alguns turistas e poucos alunos. Isso era bom. Não queria ser reconhecida, ainda mais porque as notas sobre a morte de seus pais e a sua reivindicação do cargo de CEO ainda estavam frescas na memória das pessoas.

Aaron ficou alguns minutos em silêncio. Fingiu se interessar por Emily e se apresentou com outro nome. Ela achou engraçado. Olhou ao redor e não viu fotógrafos. Talvez os turistas presentes nem soubessem quem ela era. Imaginava também que Aaron fosse capaz de reconhecer Liam se ele aparecesse por lá.

*O que poderia acontecer se três Leprechauns se encontrassem em uma biblioteca?*

Lá dentro, se surpreendeu com a amplitude do local. Um corredor longo de madeira com teto arqueado se dividia em diversas seções de livros, e as paredes eram tomadas de fora a fora com exemplares antigos. Para sua surpresa, best-sellers modernos também estavam disponíveis para leitura em estantes específicas.

Bustos enfeitavam o início de cada seção. À frente deles, um guia discorria sobre os tesouros da biblioteca, como os documentos antigos relacionados à época da independência e a harpa mais antiga da Irlanda, além de registros mais contemporâneos, como as primeiras publicações do U2. De repente, Emily não achava mais a biblioteca tão entediante.

O objetivo daquela visita, porém, era ver o famoso Livro de Kells, e Emily acreditava que devia haver algum significado para aquilo. Perambulou por um tempo afastada de Aaron e só voltou para o seu lado quando ele lhe fez sinal para ver o livro.

O exemplar encontrava-se protegido em uma vitrine sobre uma mesa retangular. O móvel ficava no meio de um corredor e as pessoas quase se debruçavam para analisar o manuscrito ilustrado com motivos ornamentais, produzido por monges celtas por volta do ano 800 a.C. Emily se arrepiou ao chegar perto do objeto, assim como Aaron. Ali habitava um poder perceptível, o qual ela vinha se preparando para reconhecer.

O Livro de Kells era considerado por muitos especialistas um dos mais importantes vestígios da arte religiosa medieval. Recebera o nome por ter pertencido à abadia de Kells por muito tempo. Permanecera por lá até mesmo após vikings saquearem o local. Todo em latim, o livro continha os quatro Evangelhos, além de notas e iluminuras coloridas. Esse detalhe era o que mais lhe chamava a atenção. Das páginas douradas, sobressaía uma rica variação de cores: violeta, vermelho, rosa, verde ou amarelo. Todas as gravuras eram encantadoras.

O livro transbordava força, e ela se lembrou de que precisava dominar por completo a sua. Aquele era o intuito de tantas horas de concentração e preparação.

– Você percebe o quanto é mágico? – perguntou Aaron num sussurro, para que a voz não se propagasse pelo salão.

Emily apenas mexeu a cabeça, concordando. Sentiu uma nova onda de tontura e falta de ar. Não imaginava que podia se sentir assim com objetos também, apesar de todo o treinamento que vinham fazendo juntos.

*Tudo é novo para mim.*

— Seu poder está cada vez mais forte. Você é capaz de sentir a energia mística dos objetos, além da dos outros seres humanos que possuem o dom. Reconhecer isso é crucial para você dominar seu toque. É preciso desenvolver essa percepção para alcançar sua essência.

Aaron se afastou, e ela o seguiu pelo corredor. Não queriam chamar a atenção dos outros visitantes.

— Tenho pensado numa coisa... você não acha um pouco superficial essa nossa herança Leprechaun? Bruxos fazem magia, vampiros são imortais. Nós temos uma energia que nos salva de encrencas e nos dá dinheiro... — analisou Emily.

— Você acha isso pouco?

Ela sabia que estava reclamando sem motivo, mas não podia deixar de pensar que os pais haviam sido assassinados porque alguém queria lhes roubar o que tinham.

— Você já consegue sentir pessoas, objetos, afastar o perigo e produzir riqueza. Tudo o que um sangue Leprechaun precisa fazer. Em breve sua sorte estará ainda mais fortalecida e você verá o tamanho do seu potencial.

Emily achou que ele estava desviando o assunto, mas gostava de ver Aaron empolgado. O laço mágico entre eles parecia deixá-lo feliz.

Da biblioteca caminharam até a saída principal da universidade. Não conversaram pelo caminho para evitar serem vistos juntos. No trajeto, Emily fora reconhecida por dois professores e alguns alunos. Torcia para que ninguém a abordasse.

— Você é realmente muito popular — comentou Aaron com certo orgulho.

— E olha aonde isso me levou: a ser expulsa de uma disciplina! — debochou, encarando os olhos cinzentos do namorado.

— E à presidência de uma grande empresa — completou ele. — Você está fazendo por merecer a sua herança.

Momentos como aquele reforçavam o amor que ela sentia. Percebia que ele estava diferente nos últimos tempos; demonstrava um bom senso que lhe caía muito bem. E agora ele parecia orgulhoso por estar ao seu lado.

Combinaram que se encontrariam apenas na madrugada seguinte, após Aaron resolver assuntos particulares. Emily ficou inquieta com aquilo. Antes de cada um seguir o seu caminho, ele chegou perto do cabelo dela e disse:

— Que vontade de beijar você...

Um tremor percorreu seu corpo todo, e ela sentiu as pernas bambas.

— Vou cobrar esse beijo.

Então se separaram, e Emily voltou para casa com um sorriso bobo.

O Livro de Kells havia reacendido suas esperanças.

Tornara-se mais forte.

## 22.

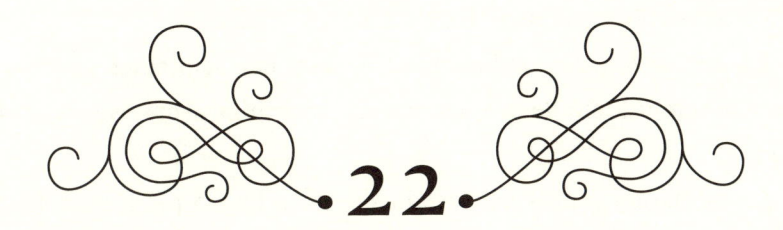

Quando Emily entrou pela porta de casa, encontrou Darren deitado no sofá vintage importado, lendo um livro sobre poderes sobrenaturais. Encarou aquilo como uma indireta.

Ela não conseguia mais esconder tudo aquilo de Darren. Arrependia-se de não ter conversado com os pais e não queria mais guardar seu segredo. Desde a morte dos dois, em momentos de fraqueza revirava o antigo quarto deles, buscando alguma informação ou consolo sobre o assunto. Uma carta explicando o legado místico da família, um diário contendo anotações sobre a fortuna, qualquer coisa que pudesse ajudá-la a superar sua angústia. Não podia acreditar que haviam sido tão negligentes. Com aquela herança, até eles obviamente estavam correndo perigo, e, pelo desenrolar dos acontecimentos, agora que estava órfã, não tinha havido nenhum plano B para a hipótese de algo lhes acontecer.

— Finalmente a princesa chegou — comentou o amigo, ao vê-la ser recebida por Eoin. Darren estava à sua espera desde de manhã.

Emily deu mais uma olhada na capa do livro antes de responder:

— Acho que você tem lido muitos contos de fadas.

Darren sentou-se.

— Precisamos conversar, Emily.

Ela fez sinal para que fossem ao jardim, não sem antes se assegurar com o mordomo de que não haveria mais ninguém nos fundos da mansão.

Caminharam juntos pelo gramado até o banco próximo à fonte com o chafariz de fada. Aquela imagem lhe dava um aperto no coração: não conseguia passar por ali sem se lembrar de quando os pais lhe pediram que não fosse a Londres.

*E se eu não tivesse ido? Teria feito diferença?*

Darren percebeu sua mudança de expressão e apertou a mão dela em uma tentativa de consolá-la. Não queria entristecê-la, mas precisava entender o que acontecia.

Os dois se sentaram na mesma posição em que os pais de Emily tinham ficado naquele dia. Ela podia sentir a energia dos dois estagnada ali, ainda que fraca.

— Você está lendo um livro interessante... — começou ela.

Emily ficou surpresa ao ver o amigo corar.

— Você tem me deixado no escuro, Emily! Antes eu sabia todos os detalhes da sua vida, mas de alguns meses para cá tudo mudou. Não tem sido fácil para você nem para mim. Você sabe o quanto eu os amava também. Mas está difícil fingir que não vi o que você fez.

— E o que eu fiz?

Ele buscou palavras para explicar.

— Você... arremessou aquele homem. Não sei como. Já tentei achar mil explicações! Cheguei a pensar que aquilo era uma criação da minha mente em choque. Só que não foi uma alucinação, e isso está me deixando maluco! Você conseguiu afastar aquele homem *só com o poder da mente*!

Emily suspirou.

— Com o poder *da mente*?

Darren reconheceu a ironia em seu tom, e eles riram como irmãos. Chegara a hora de confessar.

— E você já tinha ouvido rumores sobre o que aconteceu com o barbicha da festa de St. Patrick, não é?

Ele concordou com a cabeça, assustado.

— Você está quase certo – confessou Emily.

Os dois se encararam por algum tempo, e ele viu a confiança nos olhos da amiga. Ela só precisava de mais alguns instantes para organizar as ideias.

— O que vou contar agora talvez pareça loucura, mas estou vendo que você já está lendo livros esotéricos e falando sobre o poder da mente, então acredito que não vá se assustar tanto – comentou.

— Querida, eu nasci bruxo em pele humana! Já vi muita bizarrice neste mundo. Não vou me chocar fácil! Só sei que você não é mais a minha amiga Emily O'Connell, rainha do dinheiro e dos babados. Você é isso, mas também *algo mais*!

Ela sabia que era verdade. Resolveu contar para ele tudo o que descobrira sobre sua família, exceto que Aaron também era especial. Não queria deixá-lo ainda mais desconfiado.

— Tem *certeza*? – indagou Emily, em uma última tentativa de fazê-lo voltar atrás.

— Nasci preparado para isso.

Eles novamente se encararam, e foi a vez dela de apertar a mão do amigo.

— Eu sou herdeira de uma tradição Leprechaun.

Aguardou a gargalhada.

Esperava que Darren tivesse um acesso de riso, como naquela manhã ao conversarem sobre a biblioteca da faculdade. Tinha se preparado mentalmente para isso. E nada. Nenhum som estridente.

— Não vai dizer nada? — quis saber Emily.

Darren ficou pensativo. Seu semblante estava quase igual ao de quando acompanhava um dos capítulos de sua novela preferida.

— Você está me deixando preocupada — continuou a garota, temendo que ele pudesse levantar e correr para escrever no grupo virtual dos *posh* o que a tragédia havia feito com a cabeça dela.

*Ele não teria coragem de fazer isso comigo. Teria?*

— Não consigo imaginar você de barba. — Foi a única frase que ele soltou.

Emily teve vontade de lhe dar um soco, mas não conseguiu deixar de rir.

— Estou falando sério, seu idiota!

— Ué, eu também! Você consegue se imaginar com esse cabelão todo e ainda uma barba ruiva toda *cheguei*? Ficaria pior que a dos anões de O Hobbit!

— Você sabe que raramente assisto a esses filmes.

— Pois deveria assistir pelo menos a parte em que aparece o anão gatinho.

Novamente ela quis rir. Era difícil manter a seriedade em uma conversa como aquela.

— Então você descobriu que a sua família tem sangue Leprechaun? — perguntou Darren.

Emily ficou surpresa com a reação calma do amigo.

— Não precisa franzir a testa não, bonequinha — continuou Darren. — Qualquer pessoa mais sensitiva perceberia que sua família nunca foi exatamente normal. Todos agem como se a fortuna de vocês fosse uma consequência natural do talento da família, só que não é possível que seja só isso. Vocês sempre foram sortudos *demais*. Eu achava que tinham algum toque de Midas, mas agora faz sentido que essa sorte esteja associada à alegoria dos nossos amigos barrigudinhos de fivelão.

Emily sorriu. Estava aliviada por Darren não se chocar com sua revelação. Ao mesmo tempo, aquela conversa lhe trazia uma consciência cada vez mais clara de como precisaria ser forte para enfrentar outras pessoas que também tinham aquele dom.

Ela explicou a Darren tudo o que aprendera sobre o *toque*, mas manteve sua resolução de não lhe contar que Aaron a havia guiado. Mentiu, dizendo que desconfiara de algo depois do que acontecera com o barbicha na noite de St. Patrick, e seu pai lhe contara tudo.

Relembraram ocasiões em que ela havia conquistado algo por sorte, como vitórias no pôquer, ou criado sem perceber mecanismos de defesa, como quando escapara do banho de champanhe e do soco de Fiona. Darren ainda se lembrava de histórias que a própria Emily esquecera. Em uma delas, Emily havia odiado o fato de ver uma rival usando o mesmo vestido que ela em uma festa importante. Antes que as pessoas reparassem que as duas estavam parecendo um par de vasos, Darren observou que, assim que Emily franziu as sobrancelhas, os botões do vestido da menina estouraram, e ela passou metade da noite escondida no banheiro. Quando voltou, usava um modelo bem inferior, e a festa ficara ainda mais divertida para Emily. Eram detalhes bobos, que eles tinham julgado apenas obra do acaso. A ruiva começou a entender por que Darren estava tão tranquilo com sua revelação: tendo assistido de camarote a tantas manifestações de sorte, ele começara a suspeitar.

— Mas eu não contei a pior parte — desabafou Emily, encarando-o.

Então ela revelou sobre o rastro que ligava os herdeiros Leprechauns e a maneira como podiam sentir uns aos outros. Revelou que alguns eram ambiciosos e procuravam ser mais fortes do que os outros. Ele logo compreendeu.

— Alguém queria tirar o poder da sua família! Como magos de magia negra... – Darren finalmente compreendeu.

— Minha hipótese é a de que alguém com sangue Leprechaun matou meus pais depois de tentar roubar o poder do meu pai e falhar. Por isso me atacaram depois. Precisavam do último membro dos O'Connell vivo. No caso, eu. Estou com todo o poder da família dentro de mim e sei que o assassino virá me procurar a qualquer momento.

Darren não pôde acreditar. Todos aqueles dias ela andara pela cidade e fora à empresa sem se proteger. Não acreditava que pudesse ser tão irresponsável.

— Foi por isso que você conseguiu se defender tão rápido dele no meu jardim? – perguntou o amigo, ainda repassando os detalhes. – Sentiu o rastro do Leprechaun que a atacou e pôde afastá-lo?

Por aquilo ela própria não esperara. Em nenhum momento o detalhe lhe passara pela mente. Havia se defendido, mas não sentira o rastro de Liam quando ele a atacara. Ainda surpresa, revelou a informação para Darren, que indagou:

— Será que esse agressor aprendeu a mascarar o próprio poder?

*É possível.*

Não sabia tanto sobre seus semelhantes como gostaria. Aaron até então tinha sido bastante vago em suas explicações.

— Preciso pensar. Isso não faz sentido – resmungou Emily, colocando as mãos na cabeça.

A pressão sobre ela ficava cada vez maior.

— E se quem atacou você não for um herdeiro Leprechaun? – questionou Darren outra vez.

Emily não conseguiu encontrar uma resposta. Aquela pergunta tornava tudo ainda pior. Se o assassino de sua família fosse alguém capaz de esconder o próprio rastro, já seria estranho o bastante.

Mas um assassino sem poder algum? Emily nunca considerara essa possibilidade.

*Ainda vou ficar louca*, pensou, tentando ignorar o cansaço e o estresse.

---

A ruiva havia sido fotografada por um renomado fotógrafo de moda para uma campanha da O'C em homenagem à memória dos pais dela. Chegara o dia da aprovação das fotos que estrelariam a nova propaganda da bolsa clutch, e Emily ficou satisfeita com o resultado e feliz por ver que, mesmo sem treinamento, seu trabalho vinha trazendo um bom retorno para a empresa. Todos acreditavam que aquela seria uma forma efetiva de homenagear os dois ícones da moda. Padrigan e Claire O'Connell ficariam felizes. As fotos mostravam Emily toda vestida de preto, com os cabelos ruivos presos em um coque com pequenas esmeraldas na orelha realçando os olhos e a belíssima bolsa de pedraria na mão. A peça fora batizada de Lucky O'C. Naquele dia, ela começaria a ser comercializada on-line e divulgada nas mídias. Emily se sentia apreensiva, mesmo sabendo que tudo estava saindo como o planejado.

*Acho que ficariam orgulhosos*, pensou, admirando o anúncio da bolsa que sairia na revista Vogue ainda naquele mês.

Estava há algumas horas no escritório, analisando designs de possíveis lançamentos para sapatos e bolsas criados por sua equipe artística. Gostara de alguns, mas não sentia que transmitiam os valores da marca. Os funcionários se esforçavam e tentavam criar dentro dos padrões da empresa, contudo, até então, todas as linhas colocadas no mercado tinham sido desenvolvidas por Claire e aprovadas por Padrigan. Era difícil alcançar um olhar tão aguçado.

Estava de saída quando foi chamada à sala de MacAuley. A secretária insistiu que fosse com urgência até lá, e Emily apanhou sua bolsa e sua pasta em um pulo. Tomara gosto pelo trabalho, mas os últimos instantes de vida dos seus pais tinham acontecido naquela sala, e ela nunca se sentia completamente à vontade naquele lugar.

Adentrou a sala e recebeu uma salva de palmas, o que a deixou um tanto assustada. Esperava algum conflito por conta das ações de marketing divulgadas naquela manhã, não uma homenagem.

— Parabéns, srta. O'Connell! Vejo que o talento é de família.

— O que está acontecendo? — perguntou, sorrindo.

Aquilo a contagiava. Era bom começar a ser reconhecida dentro de sua empresa.

— Recebemos um relatório. Todas as duas mil unidades da nova clutch foram vendidas em menos de oito horas. Recebemos ligações de todas as nossas principais lojas, assim como da Vogue, Elle e Marie Claire pedindo mais unidades da bolsa. Nossas compradoras não estão preocupadas em obter itens únicos, mas em participar da homenagem. É a consagração da força e do respeito da marca no mercado mundial.

Emily não podia acreditar. Tinha mesmo honrado o nome dos pais. A empresa lucraria como nunca. Aquele era o resultado de ter um toque de ouro.

RELATÓRIO TL          N° 590.687.685.600.102

*Para a excelentíssima Comissão Perseguidora*

*Assunto:*
RELATÓRIO DE ROUBO • *Indivíduo não cadastrado* •

Membro de antiga banda sofre golpe de indivíduo não cadastrado e perde seu toque.

*Localização da vítima:*
Sligo – Connacht – Irlanda

*Habilidade familiar:* artística.

*Histórico:* membro de uma banda que atingiu sucesso com diversas músicas em primeiro lugar das paradas.

*Idade de reconhecimento e cadastro no sistema TL:* com 15 anos. Cadastro há 20 anos.

*Status:* um dos jovens com toque de maior habilidade.

*Acontecimento:* um senhor considerado amigo da família indicou alguns investimentos. Aproveitando a quebra do mercado, roubou o poder dele para não levantar suspeitas. Pela descrição feita pela vítima, o Leprechaun não está em nossos cadastros.

## 23

Chegara em casa radiante como não se sentia havia muito tempo. Seu espírito agitado e jovial de alguma forma renascera nas últimas horas. Emily parecia brilhar, e Darren logo reparou em sua disposição renovada ao vê-la entrar empolgada, largando tudo no chão da porta de entrada.

Ela sinalizou para o amigo esperar um instante e, segurando o telefone, saiu animada pelos degraus da escada que levava aos quartos.

— Isso mesmo, meu amor! Nunca uma peça da O'C se esgotou tão rápido! Além disso, muitas vezes eles precisam de alguns dias para computar tudo antes de darem retorno. Parece que o burburinho na internet foi tão grande que em poucas horas receberam um retorno das vendas! E olha que nem postei nas minhas redes sociais...

Do outro lado, Aaron compartilhava a sua felicidade.

— Parece que nosso treino tem mesmo dado certo! Você consegue me dizer se está se sentindo em seu melhor estado neste momento?

Emily fez uma autoanálise.

Por um instante, se esquecera quase totalmente do propósito da campanha. Só conseguia pensar que realizara uma tarefa difícil com louvor e sentia uma onda de energia maior do que qualquer outra que já sentira. Era como se seu poder transbordasse, e essa sensação era ainda mais forte do que quando beijara Aaron pela primeira vez.

— Sim! Acredito que estou em meu melhor estado. Temos que celebrar! – exclamou, sem dar muitos detalhes.

A risada dele era contagiante. De repente, não se importava mais com o que a mídia diria sobre ela estar namorando. Precisava apenas aproveitar a presença de Aaron ao seu lado e os tão raros bons momentos.

— Concordo. Temos que comemorar, lady O'Connell! Algum lugar especial em mente?

— Eu costumava visitar um castelo com meu pai. Fica perto de Dublin. Podíamos ir até lá – sugeriu Emily, esperançosa.

— Então temos um encontro amanhã! Vamos seguir o nosso arco--íris.

Desligou o telefone ansiosa e sentindo-se única. Em seguida, ouviu batidas na porta e imaginou que Darren devia ter ouvido sua conversa.

— Eu não pedi pra você esperar?

O amigo revirou os olhos.

— Impossível! Você estava conversando tão alto! – O garoto sentou-se na cama dela. – Sem contar que tenho acompanhado os comentários na internet sobre a Lucky O'C! Pela sua felicidade, só pode ter sido um sucesso.

Emily riu, ainda sentindo-se nas nuvens.

— Vendemos todo o estoque, e tudo indica que faremos mais! As ações da marca estão explodindo, e o conselho está satisfeito comigo.

— E por que não ficaria? Você tem o *toque*.

— Consigo imaginar algumas pessoas não muito felizes com essas notícias — lembrou ela, ainda sorrindo.

— Você está falando de Fiona e Cara? Ui! Essas ainda devem estar se mordendo de inveja. Não devem sequer ter entendido o significado da campanha.

Emily levou um choque ao perceber que ela própria quase se esquecera da principal vitória. Aquela bolsa representava um voto de amor à memória de seus pais, e isso *tinha* de ser maior do que tudo.

— Posso saber se você teve mais algum motivo para ficar tão animada ao telefone?

— Vou levar Aaron até Malahide amanhã! Lembra que meu pai sempre me levava até lá quando queria passar um tempo a sós comigo? É o local perfeito para comemorar!

Darren franziu outra vez a testa ao ouvir o nome do namorado dela.

— Muito conveniente para ele — disse ironicamente.

— O que você quer dizer com isso?

Darren pensou em deixar suas suspeitas de lado e engolir sua desconfiança mais uma vez. Mas não aguentou.

— Que conveniente namorar uma garota bilionária, que acaba de herdar uma grande empresa. Ele *também* parece ter muita sorte.

Emily percebeu a amargura dele ressoar em cada palavra. Odiava quando Darren a superprotegia, e isso se tornara ainda mais frequente desde que ela perdera os pais.

— Obrigada por estragar o meu humor, Darren! Espero que um dia você encontre um homem assim também!

Teve vontade de voltar no tempo e evitar a última frase. O olhar do amigo ficou carregado de rancor ao ouvir aquilo.

— Somos irmãos, Emily! Mas ultimamente parece que estou te aborrecendo mais do que agradando. Pois bem, vou voltar para a casa dos meus pais. Bom passeio amanhã.

A garota nem teve tempo de se redimir. Em questão de segundos, Darren saiu do quarto batendo a porta e logo ela o ouviu trancar a entrada principal.

*Por que não posso mais ficar feliz nem por um segundo?*

---

Apesar de ser o proprietário de uma grande fortuna, Padrigan gostava de mostrar à filha os momentos simples e lindos da vida. Por isso, sempre que a levava ao castelo Malahide, utilizavam o transporte público. Em homenagem a esses ideais e lembrando-se do passeio de ônibus que havia feito com Aaron em Londres, Emily resolveu percorrer com o namorado o mesmo trajeto que costumava fazer com o pai: pegaram o Dart, que funcionava como um metrô, na estação O'Connoly, e seguiram em direção a Malahide, uma cidade litorânea dezesseis quilômetros ao norte de Dublin. O trajeto durava cerca de vinte minutos.

— Que viagens assim *não* se tornem um hábito em nossas vidas — brincou Emily, enquanto Aaron observava as pessoas dentro do vagão.

Naquele dia, a ameaça de Liam parecia uma lembrança vaga, e eles não se importaram muito com o que poderia sair na mídia sobre os dois estarem ali juntos. Emily fizera questão de se sentar ao lado dele e conversar durante o percurso. Mencionou a briga com Darren, mas preferiu omitir a razão do desentendimento e o fato de ele não estar mais em sua casa. Não sabia o que Aaron poderia pensar daquilo.

Malahide era considerada uma das cidades mais bonitas do país, em grande parte por causa da marina e da praia, um cenário diferente de Dublin. Estava animada para mostrar ao namorado uma cidade que preservava os hábitos e costumes irlandeses.

O que mais a empolgava, contudo, era apresentar-lhe a principal atração da região: o Malahide Castle, um castelo construído no século XII que, por causa do formato quase quadrado e das duas torres redondas no estilo medieval, parecia saído de algum desenho animado. Todo construído em pedra, sua coloração era amarronzada. No entorno, a vegetação subia pelas paredes e dava um ar bucólico à estrutura.

Chegaram à estação de destino, e Emily o guiou lembrando que logo veriam uma placa indicando o castelo. A entrada principal ficava perto da estação, o que era muito vantajoso para os turistas que passavam um fim de semana em Dublin e queriam conhecer o castelo Malahide. Recordou de repente que aquela era a segunda atração medieval que visitava com ele.

Encontraram a trilha que os levaria até lá, e Aaron se espantou com a imensidão daqueles acres verdes. Árvores, campos e animais ao redor transformavam o caminho em uma ilustração de contos de fadas. Aaron estava quase tão maravilhado com tudo aquilo quanto ela.

Após algum tempo de caminhada, chegaram ao edifício principal, onde turistas compravam a entrada para os tours guiados e escolhiam lembrancinhas do castelo. Mais à frente havia um cemitério, o que também pareceu fascinar o americano. A construção era rodeada por um imenso campo verde.

— A vista é linda, não é? — disse Emily, de mãos dadas com ele.

— Sem dúvida... — concordou Aaron, olhando diretamente para ela.

Emily corou e sentiu como se aquele momento pudesse ser eterno.

Havia poucas pessoas por ali. O horizonte estava tomado por verde e azul, campo e céu. Desde que pisara naquele gramado, sentia algo especial. Uma espécie de presença importante. Uma sensação de preenchimento e completude no peito. Não sabia identificar aquilo, mas fazia lembrar a sua reação com o Livro de Kells.

Passaram a tarde sentados no banco de madeira em frente ao castelo. Emily contara a Aaron a história da família Talbot, que morara por lá durante muitos séculos. Dizia-se que existiam pelo menos cinco fantasmas assombrando o castelo desde então. O principal deles era o bobo da corte da família, encontrado morto a facadas. A propriedade acabara sendo vendida por sua herdeira para a prefeitura da cidade, e em 2012 o castelo fora aberto ao público para visitas.

Comeram guloseimas e falaram dos momentos que a jovem desfrutara ali com Padrigan. Tiveram um dia proveitoso e o terminaram deitados no gramado e enrolados em uma manta.

— Meu pai costumava me dizer que este era o nosso cantinho sagrado e que, sempre que eu quisesse me sentir próxima a ele, deveria parar para refletir neste gramado. Na época isso soava estranho para mim, mas hoje vejo o quanto ele me preparava para a vida. Sinto a presença do meu pai em todos os lugares aqui, e parece que a energia dele vaga por estes campos. Lembro-me de seu sorriso e de sua bondade. De como ele me fazia rir. Fui quase sempre uma péssima filha e agora, neste lugar, posso reconhecer isso. Ao mesmo tempo, sei o quanto fomos felizes e quantas memórias temos neste castelo.

A sensação de completude se intensificou e, quando parou de falar, viu o sorriso escancarado no rosto de Aaron. Ficou satisfeita por ele gostar de ouvir suas histórias.

— É um prazer conhecer este lugar tão especial para você.

Pouco tempo depois, ele se ofereceu para buscar mais bebida no pequeno estabelecimento que havia na entrada. Emily aceitou e esperou-o admirando a paisagem.

*Sinto você comigo, pai. Não quero jamais perder essa conexão.*

Ao retornar, Aaron a incentivou a beber o suco que havia trazido. Haviam passado muito tempo conversando, e ela não se alimentara muito bem.

— Da próxima vez, trago mais guloseimas. E quero ver o que vai achar quando eu engordar!

— Então engordaremos juntos — brincou o rapaz, oferecendo novamente o suco. — Será uma ótima maneira de envelhecer...

Encostada no peito dele, ela adormeceu vendo o pôr do sol. Tudo era lindo, mágico e perfeito. O coração tinha o que queria.

Aaron chacoalhava-a, assustado. Emily percebeu que acabara dormindo e devia ser tarde. Sentia-se fraca e confusa e não entendia a brutalidade dele.

— O que aconteceu? — perguntou Emily, tentando abrir os olhos.

Ele trazia a expressão fechada e, por um tempo, apenas murmurou palavras sem sentido. A cabeça dela rodava e Emily tinha ânsias de vômito, por isso era difícil compreendê-lo.

*Será que comi alguma coisa estragada?*

— Vi flashes — explicou ele, rabugento. — Acabei dormindo também e acordei com as luzes. Depois vi um homem encapuzado correr. Acho que alguém nos fotografou. Temos que voltar.

*Oh, não!*

Não se importava mais de ser vista com ele, contudo a situação era ruim. Os dois tinham dormido agarrados durante a noite em local público. Não sabia como não haviam sido expulsos. Talvez fosse a sorte dos dois reunida. Mas a sorte não impedira um fotógrafo de aparecer e estragar seus planos.

— Podemos ir? — indagou Aaron, ainda nervoso.

Foi então que ela percebeu que não tinha forças para se levantar. Sentia-se esgotada. Tentou ficar de pé e caiu dura como um saco de batatas no chão, ralando a bochecha no processo.

– O que está acontecendo comigo, Aaron? – perguntou desesperada.

Sentia-se drogada e notou que não sentia mais o poder do castelo, não identificava a conexão com o pai e muito menos a ligação com o rapaz ao seu lado. Parecia vazia como nunca antes.

Aaron a encarou e adivinhou o que ela ia dizer.

– Liam! – disse Emily, arregalando os olhos enquanto o rapaz a levantava. – Ele *me achou*, Aaron! Ele roubou meu toque de ouro. Eu consigo sentir.

Desespero.

A sorte não habitava mais ali.

## 24

Aaron conseguiu um motorista para levá-la de volta à mansão dos O'Connell. Durante o percurso, Emily reclamou bastante de dores e enjoos, mas ele não se pronunciou sobre nada que não se relacionasse ao caminho que precisavam seguir.

Quando chegaram, foi a primeira vez que Aaron entrou pela porta da frente, apesar de ainda relutante. Precisou carregá-la até a cama. Eoin ficou parado, assustado, diante da porta, e o americano solicitou-lhe que ligasse para Darren imediatamente para que viesse assistir Emily.

— Você vai me deixar sozinha aqui? — murmurou ela, em alucinação febril. Seu estado piorava a cada segundo.

Mesmo tonta e cansada, Emily reconhecia a expressão carrancuda dele.

— Preciso tentar controlar essa situação. Ir atrás do Liam e resolver de uma vez por todas esse assunto. Isso não pode mais acontecer.

Ela entendeu. Aaron precisava ir, mas será que ele conseguiria voltar de um confronto tão perigoso?

— Amor, você vai tomar cuidado? Você vai voltar, não é?

Aaron hesitou.

— Nossa ligação é para o resto da vida – disse afinal.

Ela sorriu e acabou arrancando também um sorriso dele.

Na escada da mansão, encontrou Darren, que havia corrido para lá logo após a ligação apreensiva do mordomo.

— O que você fez com ela, seu imbecil? – questionou Darren, trombando com ele.

— Emily passou mal durante o passeio, mas ficará bem agora. *Eu* pedi que chamassem você aqui, então não seja hostil! Escute o que estou dizendo: é possível que alguém tenha nos vigiado para nos fotografar hoje. Tenho meus contatos e vou descobrir isso agora.

— Claro! – exclamou Darren, estalando os dedos. – Você deve ser casado no seu país, ou talvez deva dinheiro pra alguém, para ter tanto medo de sair em alguma matéria com Emily. Quanto mais longe eu estiver de você, melhor.

O americano fungou, estressado, e os dois se afastaram, cada um seguindo o seu destino.

○

Darren insistira em levar Emily para o hospital, ou pelo menos chamar um médico domiciliar, mas não obtivera sucesso. Aos poucos, contudo, notou melhoras no estado da amiga e tranquilizou-se. Dormiram na mesma cama e foram acordados bem cedo na manhã seguinte por Eoin.

*Será que nunca mais vou poder dormir sem ser brutalmente acordada?*

— Peço perdão, senhorita! Mas o mundo está caindo e não pude ficar parado. Precisava que acordasse.

O mordomo trabalhava para a família havia mais de quinze anos. Se ele resolvera acordá-la, a situação devia ser grave.

— Pois diga logo o que está acontecendo! — explodiu Darren.

Emily notou que o amigo parecia cada dia mais irritado. Não era mais tão doce.

— Todos os jornais estão mostrando você na capa, e as redes sociais também estão em frenesi! A fofoca é que a senhorita estava ontem bêbada no castelo Malahide e agiu de forma indecente com um rapaz no jardim. Existem fotos de vocês deitados e outras de você saindo carregada, mas ainda não conseguiram identificar o garoto. Os membros do conselho da O'C estão desesperados! Centenas de pessoas reclamaram na internet que o legado de seus pais não está sendo respeitado, e isso acabou influenciando negativamente a campanha da Lucky O'C. Dizem que as ações estão despencando!

Parecia que uma bomba havia caído no quarto dela. Era muita notícia ruim de uma só vez. Sentia-se comum, como qualquer outro ser humano, e se odiava por isso.

Darren agradeceu todas as informações, tentando se recompor. Precisava conversar com a amiga sem Eoin por perto.

— Como isso tudo está acontecendo, menina? Cadê o seu *toque*?

Era difícil para Emily falar sobre aquilo. Sentia-se derrotada. Prejudicara a empresa que os pais tinham erguido e perdera o poder que haviam protegido por tantos anos.

— Foi roubado... — admitiu ela. — Alguém achou o meu lugar sagrado. Descobriram o meu pote de ouro...

Darren ainda ficava confuso com todas aquelas metáforas. E também não conseguia entender como em um dia ela fazia a empresa render milhões e no outro a afundava.

— *Quem* roubou? — indagou, tirando as próprias conclusões.

Emily explicou o que havia acontecido e sobre como acreditava que um sujeito havia achado o seu local secreto. A mesma pessoa que a jovem suspeitava ter matado seus pais. Tudo fazia sentido.

— Então esse sujeito que está te deixando assim chegou até você por culpa de Aaron? – perguntou ele, deixando claro aonde queria chegar.

— Eu *também* o culpei na hora, Darren – confessou ela. – Só que não foi ele quem puxou o gatilho.

— Só que foi ele quem tornou vocês um alvo.

Os dois suspiraram. Era difícil.

— Depois lidaremos com isso – concluiu Darren. – Agora você precisa ligar para a empresa. Você já devia estar lá. Mas, com esse caos, imagino que seja melhor ficar em casa.

Ele tinha razão, porém os membros do conselho provavelmente ficariam mais irritados se ela não comparecesse em um momento tão crucial.

Ligou para a O'C e conversou com MacAuley por algum tempo. Sentiu vontade de chorar, mas se conteve. Não tinha feito um trabalho brilhante com a campanha da Lucky O'C para depois ficar conhecida como a herdeira chorona que se droga e faz sexo em local público.

— Compreendo o que está dizendo e assino embaixo. Vamos fazer o que é melhor para a empresa – finalizou Emily, novamente entrando no quarto.

Darren mal se aguentava de ansiedade.

— O que aconteceu, menina? Por St. Patrick!

Dar a notícia machucava Emily ainda mais, porque a tornava oficial.

— Estou me afastando momentaneamente do cargo de CEO.

Sem esconder sua fraqueza, desmoronou num choro sentido, entregando-se ao desespero.

Perdera seus pais, seu poder e agora o importante cargo na empresa. Temia perder Aaron para Liam. Ele não lhe dera mais notícias, e Emily achava estranho que não tivesse sido identificado nas matérias.

— Preciso ligar para Aaron — começou a dizer entre os soluços e engasgos. — Preciso saber se ele está bem.

— É claro que ele está bem! Ele *sempre* está bem! O nome dele não saiu em lugar algum! Pelo que pude ver na internet, o rosto dele ficou escuro em todas as fotos.

Emily precisou contar até dez. Não se importava com a birra de Darren. Queria apenas ouvir a voz do namorado.

— Já tivemos essa conversa ontem. Não quero repeti-la hoje.

Darren preferiu ficar quieto enquanto ela tentava localizar Aaron. Depois da vigésima ligação, ele finalmente atendeu.

— Olá, meu amor! Sentindo-se melhor? — perguntou o rapaz, com a voz tranquila.

— Como assim *me sentindo melhor*, Aaron? Estou tendo a minha segunda grande crise em pouco tempo e não sei onde está meu namorado! Você não pensou em me ligar hoje? Não ia descobrir quem nos fotografou?

Emily ouviu uma respiração pesada do outro lado.

— Eu *tentei*! Mas as minhas fontes não encontraram nada. Eu poderia dizer que foi um *golpe de azar*, mas nós sabemos a verdade. O fato é que nunca lidei com alguém que perdeu os poderes de Leprechaun. Essa é uma novidade para mim também. Estou confuso. Tive *sorte* porque as fotos tiradas não mostraram o meu rosto, pois quem roubou o seu poder provavelmente está atrás de mim agora...

Emily só conseguia se perguntar que profundidade o poço em que ela se metera deveria ter.

— Precisei abrir mão do cargo de CEO — anunciou sem rodeios.

Novamente ouviu a respiração pesada do outro lado.

— Ei, não há nada que eu possa dizer para melhorar seu humor! É triste, é cruel, é lamentável, mas, quando passar a dor, pense que talvez seja um *sinal*. Sei que estava animada para honrar o nome da sua família e que você tem em mãos um grande legado. Talvez um dos maiores de qualquer linhagem Leprechaun. Não sei ao certo como isso funciona, mas uma empresa como a de vocês não é pouca coisa. E você sempre poderá recomeçar.

— Estou com medo, Aaron! Preciso de você aqui – admitiu.

— Eu entendo, Emys! Não sei como será o futuro daqui pra frente, só sei que o importante é continuar. Você perdeu sua herança mística, mas continua com sua herança material. Ainda assim sua vida será extraordinária.

A calma dele ao dizer aquilo a irritou. De repente, ele voltara a ser o Aaron daquele primeiro encontro.

— Quando nos veremos? – insistiu ela.

O telefone ficou mudo e, por um instante, Emily pensou que ele havia desligado.

— Não sei dizer – respondeu finalmente o rapaz. – Vou precisar me ausentar por alguns dias...

Emily recomeçou a chorar. Darren tentou socorrê-la, enxugando as lágrimas que lhe percorriam o rosto.

— Como você é *capaz* de fazer isso comigo?

Ela queria odiá-lo, mas estava obcecada por ele. Então sentiu raiva pela própria obsessão.

— É para o seu próprio bem, Emily! Enquanto eu estiver buscando pistas sobre o que está acontecendo, acho melhor não chamarmos mais atenção. Voltarei a Londres em busca de informações e estudarei mais a fundo sobre nossa origem. Além disso, *preciso* encontrar Liam, para o nosso próprio bem. Sem isso, não poderemos ser felizes juntos.

Ela se recusava a aceitar. Não suportava a ideia de que ele viajasse para fora do país sem ela, e ainda por cima atrás de um psicopata.

— E como eu fico? Diga-me! Como eu fico nessa história?

— Poderia ser pior...

— *Pior?* Ficou maluco, Aaron? Como poderia ser pior?

Aaron respondeu em tom soturno:

— Poderiam ter matado *você*.

Ela limpou as lágrimas e suspirou.

— Isso não seria pior do que ser a única a continuar aqui.

Aaron respirou fundo e absorveu as palavras dela.

— Eu te amo... – sussurrou para Emily.

— Eu também, Aaron! Para o bem ou para o mal, eu também...

E desligaram.

Chegara a hora de caçar o inimigo.

## 25

Passaram-se três dias desde sua discussão com Aaron. Na mídia, Emily ainda era o assunto do momento: todos se perguntavam quem seria o rapaz da foto, por que ela estava bêbada fazendo sexo em local público, como se sentia agora que precisara se afastar da empresa, o que seus pais diriam se estivessem vivos e etc.

Emily não saíra do quarto desde então, recusando atividades básicas como comer, pegar sol e tomar banho. Parecia ter perdido o prazer em viver. Não atendera nenhuma ligação nesse período, e seu celular enchia-se cada vez mais de notificações. Quando resolveu ler algumas das mensagens, descobriu uma de Owen, entre tantas outras de fãs, *haters* e seguidores.

> Emily, tenho pensado o tempo todo em você. Lembre-se de que sou seu amigo. Quero o seu bem.

*Amigo coisa nenhuma*, pensou. *Owen sempre me quis de troféu de suas conquistas amorosas.*

Darren tentou animá-la um pouco com uma overdose de séries de TV, para afastar a amiga do rebuliço da mídia. Sentia-se um pouco confortado por pelo menos ela se manter sóbria. Os dois tinham deixado para trás antigos hábitos após a morte de Padrigan e Claire. Antes, ele também mascarava suas insatisfações pessoais e o tédio na bebida, mas agora sentia-se responsável por Emily e precisava dar o exemplo.

– O que acha de um banho de piscina? Seria bom pra você o contato relaxante com a água – sugeriu, mas ela continuou divagando em seu estado depressivo.

Aquela cena, repetida tantas vezes nas últimas noventa e seis horas, lhe partia o coração.

Raramente ela manifestava estar consciente de sua presença: na maioria das vezes apenas o ignorava. Apesar disso, Darren insistia. Era a sua maneira de dizer que estava ali. Ele tentou sondá-la sobre o que Aaron tinha dito, o motivo da briga e onde ele estava, mas Emily não pretendia compartilhar aquelas informações, pois não queria admitir o papel do americano em tudo o que estava acontecendo. Darren tentou se concentrar na TV, mas sentia vontade de socar Aaron por não fazer por merecer minimamente a afeição de Emily O'Connell. Como ele ousava não estar ali?

– Andei pesquisando sobre o seu dom... – confessou ele após algum tempo.

Darren imaginou que seria novamente ignorado, mas dessa vez notou curiosidade no rosto pálido da amiga.

– Quer ouvir o que eu descobri?

Ela concordou com a cabeça bem devagar:

– Acho que eu já vi tudo o que havia para se ver sobre as lendas populares, mas se achou algo diferente...

– Fiz algumas pesquisas no seu computador e acabei vendo o seu histórico. Percebi que você só digitou coisas como 'Leprechaun', 'pote de ouro' e 'final do arco-íris'. Se esperava encontrar algum segredo dessa forma, você é muito inocente.

Se ela não estivesse tão triste, teria gargalhado. Mas continuou calada, esperando o que o amigo tinha a dizer.

— Pois bem! O que estamos procurando pode ser localizado na *Deep Web*, uma parte mais oculta da internet, que não está acessível pelos sistemas de busca tradicionais. Procurei bastante e acabei achando algumas coisas interessantes.

— 'Bizarrices na net'? — debochou Emily.

— Engraçadinha! Você não tem ânimo pra tirar a catinga do corpo, mas consegue fazer piadinha — implicou Darren, satisfeito por vê-la interessada no assunto. — Achei um fórum de pessoas que acreditam possuir habilidades especiais. São diversos relatos incríveis, que fazem parecer que tudo isso é possível. São histórias de vampiros, fadas, bruxos, espíritos, cada coisa...

— E você acreditou nessas conversas?

— Tá louca? — Foi a vez de Darren debochar. — Eu estava procurando informações sobre a minha melhor amiga, que acredita ser um Leprechaun. Você acha que eu iria acreditar em qualquer coisa que essa gente lunática escreve?

— Escroto — xingou Emily, e Darren viu a metade de um sorriso.

Darren tinha razão. Aaron também já lhe dissera que não sabia se existiam outros tipos de magia no mundo.

— Mas você viu alguma coisa sobre o meu antigo dom?

Ele sentiu a mágoa na voz dela quando Emily pronunciou "antigo".

— Sim! O termo 'Leprechaun' apareceu algumas vezes, assim como 'toque dourado' e 'lugar sagrado'. Era tudo bastante vago, mas uma organização chamada TL foi mencionada várias vezes. Já ouviu falar?

Emily não tinha ideia do que se tratava. O próprio Aaron dissera não ter notícias sobre outros Leprechauns. Talvez aquelas letras também não fizessem sentido para ele, mas fez uma anotação mental para perguntar quando chegasse a hora.

— Será que essa é alguma espécie de organização *que regula* pessoas como eu?

O amigo deu de ombros.

— É possível, né? E seria bastante útil para nós.

Darren pegou o macbook dela para continuar as pesquisas, e os dois permaneceram calados por algum tempo. A curiosidade dele ficava cada vez mais intensa.

— Desculpe perguntar, mas você sabe qual era *o seu* lugar secreto, onde o tal do seu 'pote de ouro' estava guardado?

— Você quer dizer meu *final do arco-íris*? — indagou Emily, um tanto condescendente.

— Isso, Miss esotérica! Estou tentando encaixar alguns dos parafusos soltos desses últimos dias.

Emily ponderou. Tinham falado tantas vezes sobre o assunto, porém ela nunca pensara realmente sobre onde ficaria o seu. Acreditava que os pais haviam sido mortos por não cooperarem com a revelação de seus lugares sagrados, e assim toda a energia de Padrigan estava retida no ponto sagrado da única herdeira. Como uma transferência bancária. O problema era que Emily não tinha certeza de onde seria o seu ponto, seu final do arco-íris.

— Só consigo pensar em um lugar... Malahide! — ponderou a ruiva. — Você sabe que eu nunca me importei com assuntos que não envolvessem moda, dramaturgia e design. Agora estou sempre tendo que prestar mais atenção ao que acontece à minha volta.

O amigo balançou a cabeça em deboche.

— Só *você* mesmo para não saber até agora onde sua energia vital está evoluindo.

— Estava... — corrigiu Emily.

Darren continuou pensativo, lendo os comentários no fórum.

— Em Malahide, percebeu alguma presença diferente? Alguma energia ou sensação?

— Sim, eu estava bem lá, e tudo parecia normal.

Naquele momento, Emily pensou em Aaron.

— Percebi uma forte presença mágica no castelo, como eu tinha sentido antes diante do Livro de Kells, mas não vi nada diferente nela.

— Curioso...

— Por que está com essa cara de detetive particular? — quis saber Emily.

— Eu sou praticamente um Lannister, minha querida! Pago meus débitos, mas ninguém escapa de mim! Eu sempre ouvi seu pai falar com muito carinho de Malahide e achei curioso você voltar até lá bem quando estava carregada de energia. Dava para sentir de perto o seu poder.

— Entendo aonde quer chegar, Darren, mas não tenho como ter certeza...

— Foi lá que o seu toque de ouro foi roubado! Só pode ser Malahide o seu local mágico.

Emily empalideceu. As lembranças vieram em flashes incessantes, imagens e sensações. Fragmentos de encontros com Padrigan. Comichões. Energização. Espiritualidade. A sensação da presença dos pais após a perda.

— Darren, talvez você...

— Faz sentido que você e seu pai tenham inconscientemente escondido sua essência lá.

— ... tenha absoluta razão.

A expressão de espanto no rosto dela dizia tudo.

— Agora me diga: se o seu poder foi roubado lá e você sentiu a presença do castelo, como não sentiu a do psicopata? Será que esse *Liam* consegue mesmo ser uma sombra?

Ela não soube responder, mas aquilo estava fazendo cada vez mais sentido. Se não ela, ao menos Aaron deveria ter experimentado alguma sensação.

— Se esse Liam for isso que você está dizendo, ou se ele tiver alguma ligação com essa tal TL, precisamos achar uma forma de encurralá-lo — concluiu a ruiva.

— Nós vamos achar — apoiou Darren.

Emily finalmente sentiu um pouco de paz.

Mais alguns dias se passaram, e a mídia começou a enjoar das mesmas manchetes. Ninguém mais da O'C fez declarações, e Emily continuava enclausurada, então praticamente todas as fontes de informações sobre o caso haviam se esgotado.

Por mais estranho que fosse, ninguém do antigo grupo dos *posh* revelara a identidade de Aaron para a imprensa. Todos eles tinham contatos na mídia e alguma implicância com Emily, e certamente seriam inescrupulosos a ponto de prejudicá-la ao colocar ainda mais lenha naquela fogueira, mas talvez alguma solidariedade pela morte dos pais dela ainda lhes colocasse dor na consciência. Além disso, ela já sofrera com o afastamento da empresa. Apesar de todas as brigas, os *posh* tinham um passado em comum que não poderiam esquecer de repente. Nem mesmo Fiona se manifestara. Devia ser a sorte de Aaron em ação.

Quando Darren comentou a esse respeito, uma parte dentro de Emily lamentou todo aquele mal-estar com as pessoas de quem um dia tinha sido tão próxima.

Então, ela teve uma ideia. Tentara localizar Aaron por dias e não conseguira, mas talvez Aoife pudesse ajudar.

— Emily, querida! Mil desculpas! Eu sinto muito pelos últimos meses. Por tudo. Lamento não ter estado ao seu lado — declarou Aoife assim que atendeu a ligação.

Emily acreditava que Aoife devia estar de fato se sentindo mal. Ela e Fiona tinham sido as únicas do grupo ausentes no funeral de seus pais. Conseguia compreender o distanciamento de Fiona, mas por um bom tempo Aoife fora para Emily uma amiga quase tão próxima quanto Darren, e tinha sido difícil lidar com sua ausência naquele momento crucial.

— Recebeu minhas flores? — continuou Aoife, ainda na linha.

Emily se lembrava de ter recebido um buquê da antiga amiga entre os muitos que haviam chegado antes e depois do funeral. Não recebera dela, porém, nenhuma ligação após seu afastamento da O'C.

— Recebi sim, eram lindas. Eu devia ter enviado um cartão de agradecimento, mas acho que você já notou que eu não tenho tido muitos bons momentos.

— Bom, pelo menos o primeiro lote da Lucky O'C foi um sucesso, não é? Eu estava nos Estados Unidos com meu noivo, mas consegui garantir uma.

*Pelo menos o primeiro lote.*

Desde que Aaron sumira, ela tinha parado de acompanhar os jornais, sabendo o quanto vinham explorando sua vida nas manchetes. Ouvindo as palavras de Aoife, no entanto, começou a suspeitar de que a antiga amiga estivesse deixando alguma informação subentendida. Então, resolveu ir direto ao ponto:

– Obrigada por ter nos ajudado nessa homenagem aos meus pais, Aoife. É sobre o seu noivo mesmo que eu gostaria de falar. Você tinha comentado que ele era um milionário de Los Angeles, correto? Você acha que ele poderia, por acaso, ter conhecido Aaron por lá?

Aquelas perguntas a deixavam em uma situação embaraçosa, mas, após todo aquele tempo, ela não tinha mais quase nenhum meio de contato com o namorado. O telefone dele estava fora de área desde que sumira, e temia pela segurança dele. Liam poderia tê-lo achado, e o pior de tudo era que, sem seu toque de ouro, sentia-se inútil.

– Engraçado você me perguntar isso, Emily! Meu noivo esteve esses dias por aqui, resolvendo detalhes do nosso casamento, e voltou ontem para L.A. Mostrei para ele as reportagens e até disse que sabia quem era o homem na foto.

– Ele teve alguma reação?

– Nenhuma, acredita? E olha que ele é superinfluente e conhecido. Frequenta diversos círculos sociais. Contei que o Aaron é de São Francisco e nada. Achamos estranho, mas você já tinha muito com o que se preocupar e não quis te perturbar com isso. Além do mais, eu estava morrendo de vergonha de ligar. Sei que tenho sido uma péssima amiga desde que noivei. Acho que o amor acabou alterando um pouco as minhas prioridades. Queria te pedir perdão e adoraria contar com a sua presença no meu casamento.

Emily não esperava que a conversa se transformasse em uma declaração de amizade, e muito menos em um pedido de desculpas, todavia gostou daquilo. No fundo, desde que conhecera Aaron também não era mais a mesma. É comum as pessoas mudarem a rotina quando estão apaixonadas, e não podia culpar Aoife para sempre.

– Eu não perderia por nada! Quem não iria querer ver você linda, vestida de noiva elfa?

A amiga riu do outro lado da linha, e Emily sentiu uma dor aguda ao relembrar o que vinha perdendo. Precisava dar mais valor às pessoas ao seu redor. Ao desligar, mesmo satisfeita com a conversa, duas coisas não lhe saíam da mente: era provável que a segunda leva de bolsas O'C não estivesse vendendo bem, e Aaron pelo visto não era um milionário tão conhecido quanto a fizera supor. O dinheiro não era um problema para ela, mas a dificuldade de localizá-lo, sim.

— Amiga, fiz o que me pediu e pesquisei sobre o seu amado! — exclamou Darren no quarto, comendo uma maçã e segurando o macbook com a outra mão. — Ele não acessa suas redes sociais desde que veio para a Irlanda e, antes disso, há poucas informações sobre ele além daquela foto que já tínhamos visto. Ninguém com quem ele postou fotos foi marcado nelas. Não há comentários. Talvez tenhamos que pedir informação a todos os amigos dele. Também não achei nenhuma matéria on-line sobre o Aaron. Que tipo de milionário é esse?

Tudo aquilo era inusitado. O estômago de Emily, sempre vazio, começou a revirar.

— Antes de discutirmos isso, preciso perguntar uma coisa.

— O que você quiser.

— A O'C está tendo problemas?

Darren levou um susto ao ouvir a pergunta e hesitou por um momento antes de falar:

— A O'C está falindo.

RELATÓRIO TL    N° 590.687.686.110.342

Para a excelentíssima Comissão Central

*Assunto:*
ATUALIZAÇÃO FAMILIAR • *Grupo de destaque* •

Novas informações sobre uma das famílias de destaque da comunidade. Atualização de cadastro para ciência da comissão.

*Localização da família:*
Monte Carlo – Itália

*Habilidade familiar:* indústria alimentícia.

*Histórico:* família cadastrada há muito tempo. Toque passado por geração.

*Idade de reconhecimento e cadastro no sistema TL:* antes de 1 ano. Cadastro há 90 anos.

*Status:* família mais rica do país.

*Contribuições externas:* doar era um de seus grandes lemas.

*Contribuições internas:* contribuição para o manual principal da TL. Organização das famílias identificadas na Europa.

*Atualização:* falecimento do patriarca. Já havia acontecido o falecimento de outro membro da família.

*Ação:* proteger o toque dos outros dois filhos.

*Margareth griffin*

## 26.

Descobrir que seu afastamento foi o gatilho para o desmoronamento da empresa chocou Emily. Darren explicou ter ocultado a informação, que lera em tabloides, devido ao seu estado psicológico, mas ela não gostou de ser a última a saber.

As manchetes sensacionalistas dos jornais, que traziam fotos suas em que supostamente estava bêbada e agia com promiscuidade, afastaram o público antes interessado em obter a segunda leva da Lucky O'C, e a comissão não tivera escolha a não ser colocar uma parte daquela remessa à venda em meio ao caos da marca. Dois dias depois, os pedidos estagnaram e a produção do restante daquela leva foi suspensa. Nas redes sociais, clientes revoltados diziam que não iriam pagar um preço tão alto para homenagear os pais de uma menina sem escrúpulos. Padrigan e Claire O'Connell deixavam de ser lendas da moda para serem lembrados por um incidente lastimável envolvendo a filha.

Como se não bastasse a crise com a nova bolsa clutch, diversos funcionários pediram demissão ao mesmo tempo, culpando a falta de organização e de liderança. Outros organizavam uma greve por aumento e novas regras. E Stephen MacAuley havia sido fotografado em um almoço de negócios com uma das maiores concorrentes da empresa, indicando que logo deixaria o cargo. Não havia mais ninguém na O'C preparado para assumir o posto de CEO. Emily tremeu de raiva.

Quando seu celular tocou no dia seguinte e Emily viu o nome "Aaron" no visor brilhante, ela quase caiu da cama, embolada em cobertores. Já se passara mais de uma semana desde que tivera notícias dele.

*Liam não o achou. Ele não está morto. Aaron está de volta.*

Aliviada, atendeu.

— Aaron! Você está bem? O que está acontecendo? — indagou, ansiosa.

— Voltei para Dublin hoje. Podemos nos encontrar na Catedral da Santíssima Trindade? Preciso te ver lá em duas horas.

Não houve *nenhum* tom mais doce da parte dele, mas mesmo assim Emily ficou satisfeita. Precisava daquilo. Seu estado era lastimável, mas em duas horas seria outra pessoa.

— Nos vemos na entrada — respondeu.

Por um milagre, ou pela sorte de Aaron, Darren precisara sair da mansão, e Emily achou melhor não avisá-lo do encontro.

Tomou uma ducha, escolheu a melhor roupa que pôde encontrar e chamou o motorista para levá-la. Eoin ficou estático diante da porta da casa, parecendo pasmo com a sua saída, mas a ruiva decidiu não dar informações a respeito de seu destino. Precisava enfim de um momento a sós com o namorado e não queria que Darren acabasse descobrindo para onde ia.

A Catedral da Santíssima Trindade era de origem medieval, assim como a de St. Patrick. Localizada no antigo centro medieval de Dublin, fora fundada em 1028, no coração espiritual local, e tornara-se uma das principais atrações turísticas da cidade. Quando o motorista parou diante da construção, Emily apreciou o exterior de pedra cinza e a torre pontiaguda, assim como a ponte curva que ligava o edifício à sua extensão por cima de uma das ruas laterais. A cripta medieval local também costumava ser bastante procurada pelos turistas, e Emily surpreendeu-se por haver poucas pessoas circulando naquela região. Sempre que visitava algum lugar com Aaron, os turistas praticamente desapareciam. Necessitava daquela tranquilidade novamente.

A Christ Church Cathedral, como também era conhecida, fora um importante centro de peregrinação no período medieval e expunha em seu interior uma imponente coleção de relíquias religiosas, que iam desde uma suposta cruz milagrosa a um pedaço de madeira do berço de Jesus.

Na extensão da catedral ficava outro museu da cidade: o Dublinia. Ele era uma recriação histórica com foco na história viking e medieval de Dublin.

Emily entrou pela parte aberta da grade que cercava a igreja e caminhou pelo pequeno jardim. Naquele aspecto, a catedral de St. Patrick tinha uma vantagem. Aaron estava parado diante da porta, com os braços cruzados. Usava um terno que ela reconhecia da última coleção da Armani e havia prendido o cabelo. Parecia vestido de modo formal demais para um reencontro, e Emily até cogitou se estava malvestida. Mas lembrou-se de que usava um conjunto de saia e blusa da Givenchy e que não havia como ficar mais poderosa. Sua vontade era correr e se jogar nos braços dele, mas controlou-se e caminhou olhando em seus olhos de maneira intensa. A ausência do toque de ouro, contudo, a impossibilitou de sentir a já costumeira explosão de energia, e isso a entristeceu.

— Estava com saudades — disse ela ao parar na frente dele.

Aaron esboçou um pequeno sorriso e continuou observando-a.

— Me beije, sou irlandesa — brincou Emily, citando a famosa frase estampada em camisetas de todas as lojas de lembranças da cidade.

Aaron parecia introspectivo, mas ainda assim a segurou pela cintura e lhe deu um beijo que faria os fiéis da igreja desviarem o olhar. Emily se perdeu nos movimentos de suas línguas e quase pôde sentir o poder dele nos lábios sedentos por paixão.

Permaneceram um bom tempo naquela carícia, a ponto de Aaron empurrá-la contra a parede da catedral em meio ao furor de seus movimentos.

— Por que você escolheu este lugar? — perguntou Emily, quando finalmente quebraram a conexão. — O que quero fazer com você agora seria um pecado muito grande aqui.

*Se com uns abraços em Malahide a imprensa pirou, imagine sexo dentro de uma catedral sagrada*, pensou ela.

— Preciso lhe mostrar uma coisa — explicou Aaron, voltando a ficar sério.

Caminharam ao longo da igreja e, novamente, Emily se perguntou onde estavam as pessoas. Podiam ouvir alguns passos afastados, mas não encontravam ninguém no caminho.

— Aonde estamos indo? — quis saber.

— À cripta.

Os pelos do braço dela se arrepiaram. Subterrâneos a deixavam angustiada, e por um instante temeu que Aaron de alguma forma tivesse prendido Liam ali.

Percorreram a cripta até chegarem diante de um dos itens mais visitados do local. Emily nunca chegara a vê-lo, embora conhecesse a famosa história. Havia ali um gato e um rato mumificados que tinham sido encontrados mortos em um dos tubos do famoso órgão daquela igreja. O ocorrido é mencionado por James Joyce em *Finnegans wake*, seu último romance, e os cadáveres ficaram conhecidos localmente como Tom e Jerry.

— Preferia um buquê de rosas ou um relógio Cartier — brincou Emily, observando os dois corpos grotescos. Aquele não era exatamente um local romântico.

— A eterna caçada de gato e rato — comentou ele, concentrado nos animais mortos. — Você não podia deixar de ser mimada por um minuto. Precisou ficar dificultando a minha vida durante esses dias em que lhe pedi para esperar eu resolver as coisas. Mas não! Você não podia esperar. Fez o seu mascotinho procurar por ele. Quis trazê-lo até aqui. Só para estragar tudo.

Emily de início não entendeu sobre o que ele falava. Já havia sido apresentada a diversas facetas do mesmo Aaron.

Mas nunca àquela.

— Você deveria ter sido apenas a segunda parada na minha trajetória, que tinha tudo para ser rápida. Herdeira egoísta e fácil, vivendo rodeada por luxo e bebida. Ainda ignorante sobre seu poder. Quando senti a pontada e descobri você, foi como um presente dos deuses. Nossos caminhos só podiam estar conectados. Mas você tinha família, e isso dificultaria tudo. No fim, não foi tão complicado. Você *realmente* preferiu ouvir tudo o que um estranho misterioso tinha para falar sobre você mesma a escutar as pessoas ao seu redor. Sua família era um empecilho, seus pais estavam prestes a lhe abrir os olhos, e tirá-los da situação acabou sendo mais fácil. Eu sabia que não demoraria muito para você me mostrar o que eu queria e, além disso, dessa forma você teria mais poder ainda.

Ela arregalou os olhos, entendendo enfim o que ele queria e o que significava toda aquela conversa.

Ele não queria sexo. Nem seu amor. Emily tremia dos pés à cabeça, e os dentes batiam de ira. Uma única lágrima percorreu depressa o rosto espantado, sem ser impedida pelos dedos travados em punho. Buscava forças para suportar o choque.

— Não *pode* ser verdade... — murmurou ela, enquanto Aaron ainda olhava para os cadáveres mumificados. — Você não teria coragem...

— De iludir uma *princesinha*? De manipular seus pensamentos? De revelar a ela o poder que tinha e ajudar a elevá-lo? Ou de acabar com a vida das pessoas que estavam no meu caminho para *mais um* pote de ouro? Eu tenho coragem, O'Connell. Eu *tive* coragem!

Emily soltou os dedos e deu-lhe um tapa forte no rosto, deixando marcas vermelhas na face alva dele.

— Quanta violência — disse Aaron em meio a um de seus risos sarcásticos, não mais sedutores. — Pensei que estivesse *com saudade*.

— Como pôde? — Ela ainda tremia e rangia os dentes.

Queria machucá-lo. Queria *matá-lo*.

— Nós somos o que temos que ser, O'Connell! Os patéticos dos meus pais venderam as empresas que *eu* ajudei a erguer para rodarem o mundo com o *meu* dinheiro, e sumiram do mapa. Você consegue imaginar essa sensação? Ser traído e roubado pelos próprios pais? Não, você não consegue, porque até o seu berço é de ouro. Mas hoje eu entendo meus pais. Eles queriam me obrigar a me virar sozinho. Foi como eles conseguiram me tornar mais forte para ir atrás de outros *como eu*.

— Então você roubou o toque de ouro de outros Leprechauns...

— E o seu também. Mas entenda: não é nada pessoal — concluiu. — O coração quer o que o coração quer.

Aaron percebeu que Emily o agrediria novamente e com seu poder a repeliu contra a parede. Ela bateu com as costas na superfície.

— Desgraçado! Assassino! Filho da puta!

Ela berrava, impressionada por ninguém ver o que estava acontecendo. Ali devia haver câmeras e seguranças, mas lidava com um Leprechaun com poder talvez até quadriplicado.

*Quem é esse homem?*

— A ironia é que acabei gostando de você — continuou ele, andando em pequenos passos de um lado para o outro, enquanto ela se debatia contra a parede. — Vi mudanças que não esperava. Até me senti bem ao seu lado! Pensei que talvez pudéssemos continuar juntos até eu enjoar. Pelo menos até eu achar outro herdeiro Leprechaun. Mas aí você resolveu ser de novo a mimada, a chata de sempre, e estragou tudo.

Emily não conseguia entender sobre o que Aaron estava falando. Tinha pedido a Darren que procurasse mais informações sobre o americano, mas o amigo não achara nada de relevante.

A não ser que algo tivesse acontecido naquela manhã.

— Liam! — exclamou de repente.

Darren finalmente havia encontrado Liam Barnett. E pelo visto ele não era o vilão da história.

Era apenas mais uma vítima. Como Emily.

— Eu estou mesmo sendo caçado por Liam. Por isso, quando vi o fotógrafo nos registrar, percebi que aquela foto poderia chamar a atenção, ainda que a qualidade da imagem não fosse boa. Tirei essa semana de refúgio e até cogitei sacrificar o poder que recebi dele para ficar mais um pouco com você.

As palavras reviraram o estômago dela. Aquilo devia ser uma sociopatia. Aaron havia assassinado seus pais. Como podia pensar em *sacrificar* algo por ela?

— Então *você* mandou alguém me machucar na noite em que os matou?

— Precisava fazer você acreditar que Liam estava por trás de tudo. Mas pelo visto não valeu o investimento.

— Você disse que tinha uma conversa de negócios com a sua família... e depois falou que na verdade foi encontrar um informante.

— E tinha um encontro mesmo! Com os pais da minha amada namorada. Você mesma me disse que eles estariam na empresa trabalhando até tarde.

Sentia-se estúpida. Burra. *Como fora tão inocente a ponto de se entregar a um maníaco?* Precisava acordar daquele pesadelo.

— Eu até poderia matar você agora, mas sacrificaria o toque de ouro que tive tanto trabalho para obter. Conquistar o poder de uma família como a sua foi algo que nem eu sabia que era capaz. Você me deu o melhor orgasmo que eu já tive, amor! E não foi durante as nossas noites juntos...

Ela se sentia suja.

— Eu vou te denunciar, seu monstro!

— Ah, não vai! Quem levaria a sério uma garota mimada como você? Que vive intoxicada e é fotografada em atitudes promíscuas num lugar público? Que está falindo a empresa dos pais em tão pouco tempo? E o principal: que está dizendo que um rapaz chamado Aaron Locky matou seus pais e *roubou seu pote de ouro*. Papo alucinógeno, não?

Era difícil admitir, mas aquele era um submundo com regras próprias. De fato, com exceção de Darren, ninguém acreditaria nela.

*E Liam.*

— Eu vou matar você! — rosnou Emily, ainda imobilizada.

— Gostaria de vê-la tentar. Só vou deixar meu outro amiguinho vivo porque vou precisar do poder dele agora. Mas não me teste. Vocês são só dois idiotas que se apaixonaram por mim e negligenciaram o dom precioso que tinham. Ridículos.

*Que se apaixonaram por ele?*

Ele reparou a surpresa no olhar dela.

— Você não se lembra de nossas conversas, O'Connell? Eu disse que nada impede uma pessoa de ir atrás do que quer. Nada vai me parar. Eu posso fingir amar outro homem. Tive um caso com Liam, e, como você, ele acreditou que eu o amava. Vocês são muito fáceis de enganar, e é por isso que eu vou ser o Leprechaun mais poderoso do mundo! Ninguém pode me impedir de fazer isso. Ninguém mais vai me passar para trás nem menosprezar esse dom.

— Eu te amaldiçoo, Aaron Locky!

O americano caiu na gargalhada.

— Está se achando uma bruxa agora? Que patético! Para me amaldiçoar, você precisaria no mínimo saber o meu nome verdadeiro. Não sei nem como consegui me afeiçoar por alguém tão estúpido. Liam ao menos era um pouco mais culto, não completamente tapado. Mas a gente não escolhe isso, não é, lady? Vou sentir falta desse seu cabelo de fogo.

Pegando nas madeixas da garota, ele levou uma mecha até a narina fina e fungou, aspirando o perfume dela. Emily sentiu desprezo.

— Você ainda vai ter uma boa vida, Emys! Eu já disse isso. Apenas não será excelente como a minha, ratinha!

Beijou dois de seus dedos e encostou-os depois nos lábios dela, mas Emily tentou mordê-los.

Aaron saiu andando em direção à saída da cripta, deixando-a ainda imobilizada. Antes que ele sumisse de vista, Emily proferiu:

— Lembre-se de que o gato também morreu no tubo, miserável!

— Então a questão é qual dos dois morreu primeiro – disse ele sem olhar para trás.

E saiu, deixando Emily devastada.

Aaron levou com ele, além do *toque* dela, toda a magia de seu coração.

## 27

Emily entrou pela porta da mansão duas horas depois. Uma senhora encontrara-a desmaiada na cripta e chamara ajuda. Segundo os paramédicos, havia tido apenas uma queda de pressão.

Emily sabia que era muito mais do que isso.

— Quer me matar de desespero? — gritou Darren, vermelho de raiva com o sumiço dela. — Procurei você por toda parte! Estou em pânico! Por que não me contou quem era aquele imbecil? *Eu sabia que* havia algo de errado nele! *Tinha* que haver algo ruim! E como eu fui tonto. Claro que ele era um Leprechaun! Você está entendendo, Emily? Aaron é como você e foi ele quem roubou o seu poder!

— Ele *não é* como eu... — começou a ruiva, mas de repente parou, surpresa ao encarar um rosto novo.

Atrás de Darren, surgiu um rapaz de vinte e poucos anos.

Ele tinha o rosto pálido, quadrado, com sobrancelhas finas e olhos verdes intensos. O cabelo era loiro como o de Darren, mas curto e com uma pequena parte arrepiada. Seu corpo era forte e delineado, escondido em roupas clássicas bastante inglesas. Emily reconheceu-o e sentiu-se ainda mais idiota. Estava claro quem ele era.

*O amigo da foto de Londres.*

– Emily... – disse o rapaz com uma voz grossa.

– Liam...

Ela conseguiu *sentir* alguma coisa.

Um rastro. Um pouco de energia. Era quase mínima, mas estava lá.

– Nós vamos achar esse desgraçado... – afirmou ela, encarando os olhos cor de esmeralda.

– E vamos roubar o pote de ouro dele – concordou o visitante.

– Depois iremos matá-lo – concluiu Emily, mostrando a Darren uma faceta que ele próprio nunca vira.

Emily O'Connell e Liam Barnett continuaram se encarando, analisando se poderiam confiar um no outro. Eles tinham uma conexão inevitável. Apaixonaram-se pelo mesmo homem. E sentiam a mesma raiva.

Então acabara o ciclo do pai.

Agora era a vez do filho.

Emily pediu proteção ao trevo. À trindade.

Pintaria de preto o arco-íris do maldito que havia acabado com sua vida.

Sairia em busca de seu toque de ouro.

E ninguém a impediria de seguir seu caminho.

Este livro foi impresso na Gráfica Stamppa, Rio de Janeiro, RJ.